걸으며 만나는 내가 있다.

걷다가 숨겨둔 과거를 만나기도 하고
절실하게 미래를 그려보기도 한다.

나는 지금 내 인생의 행복한 방향을 따라
걸어가는 중이다.

당분간 나는
나와 함께 걷기로 했다

당분간 나는 나와 함께 걷기로 했다

초판 2쇄 발행 2022년 12월 7일

지은이 변종모
펴낸이 최갑수
디자인 이재희

펴낸 곳 얼론북
주소 경기도 파주시 회동길 145 아시아출판문화정보센터
전화 010-8775-0536
팩스 031-8057-6703
메일 alonebook0222@gmail.com
인스타그램 @alone_around_creative

ISBN 979-11-978426-4-1

얼론북은 여러분의 소중한 원고를 기다립니다.

이 도서는 한국출판문화산업진흥원의
'2022년 중소출판사 출판콘텐츠 창작지원 사업'의 일환으로
국민체육진흥기금을 지원받아 제작되었습니다.

당분간 나는 나와 함께 걷기로 했다

일 년 동안의 시골 생활에서 찾아낸 삶과 마음

변종모 지음

프롤로그

오늘도
가장 좋은 방향으로 걷고 있다

흐르지 못하고 정체되어, 굴러가지도 사라지지도 못하는 삶이 주어졌다고 생각했다. 세상이 바뀌는 동안에도 늘 익숙한 길로만 다니며 다른 방법을 떠올리지 못하다가, 어느 날 문득 반대 방향으로 들어 선 길. 어제는 도시였다가 오늘은 시골이다.

내겐 하나의 사건이고, 하늘과 땅 차이의 경험이었다. 그러나 지나갈 것 같지 않던 시간이 벌써 이렇게 흘렀다. 새로운 마음 하나만 가지고 덤벼들었던 생활을 여행이라 우기며 견

더낸 시간이다. 처음 낯선 땅에 도착했을 때처럼 좋았거나 황량했던 일. 그래도 되돌아보면 역시 잘 살았으며 고마운 시간이었다. 여전히 여행자이기 때문이다. 누군가 대신해서 나의 삶을 주저앉히고 다독여 주는 사람 없으니, 여기여도 저기여도 그곳이어도 또 다른 세상 어디여도 늘 비슷한 마음으로 살았으며, 그리 살아도 크게 나쁠 일 없다는 것을 경험했다.

'여행자니까' 하고 생각하면 뜬금없는 생기가 돌곤 했다. 아직은 내게 시골은 낯선 나라보다 더 먼 또 다른 세상이었다. 나는 그곳에서 예상 가능하거나 예상하지 못했던 일들을 넘나들며 다섯 계절을 보냈다. 그 생활이 준 것들을 떠올리면 전에 없던 일들로 행복할 때가 더 많다. 다행이다. 피부가 검게 변한 것마저 위로가 될 때가 있다. 태양을 마주하는 일과 그 별 아래 머리 조아려 땅을 보살피고, 집안을 정돈하는 일로도 숙면의 밤을 맞이하던 날들. 그 정도의 이야기로 꾸려나가는 말들은 오롯이 내 마음에 관해서다. 내가 좋았던 것들과 좋아지기 위해서 방향을 잡았던 일들에 대해서이다.

떠나지 않는 여행자가 되어 낯선 곳에 뿌리내리는 일. 처절한 외로움, 궁지로 내몰린 생활, 무언의 나날에 할 말을 잃어버린 소심한 마음들. 갑자기 변해버렸다고 투정하기에는 오래전부터 희망처럼 바라던 날들이었기에 원망도 할 수 없는 삶. 정확히 이건 삶이다. 여행이라 둘러대지만 결국 삶이라는 것을 깨달았다. 누구나처럼, 영문도 모르고 태어나 주어진 삶을 살아가는 동안 그 안에서 삶의 이유를 찾는 일. 어느 날 갑자기 스스로 바꾸고 일구어가는 일들에 대한 이야기다.

모든 것은 해거름 동네 산책처럼 시작되었다. 나는 작은 동네를 걸었다. 그것은 지구의 구석구석에 관여하는 여행과 다르지 않아, 내 생각을 바뀌게 했고 마음을 변하게 만들었다. 나는 이제 이렇게 살고 있다. 그리고 이 삶이 점점 좋아지기 시작했다. 그러고 보니 이 삶을 여행이라 둘러댄 이유가 있었던 것이다. 처음 만나는 모든 것은 여행처럼 풀고 나가면 된다는 식의 무식한 위로가 때로는 많은 힘이 된다.

이 삶 또한 내 인생의 어느 한 구간을 충실하게 채워줄 것이라고 믿는다. 그러니 나는 나를 의심하지 않는다. 우리의 삶이 어느 방향으로 향하더라도 그건 자신이 선택한 가장 옳은 방향이며, 가장 이로운 쪽이라 생각한다. 누구나 자기 삶이 가장 아름답기를 바라니까. 마치, 여행처럼.

나는 무사하다. 그럴 줄 알았다. 걱정과 낙관으로 걷기를 반복했고, 그 반복이 내 마음에 건강한 지도를 그렸다. 당분간 떠나지 않는 여행자가 되었지만, 그래도 그대들에게서 최대한 멀리에 있을 것이다. 그대들이 가고 싶어 하는 곳에 내가 먼저 가 있겠다. 여기에 모은 글들은 그대들로부터 멀리 있는 단조롭고 외로운, 궁핍하지만 여유로운 이야기다. 어쩌면 그대가 한 번 정도 상상해본 적이 있는 마음속의 이야기다.

1장 봄

인생의 긴 소란을 뒤로하고

2장 여름

소나기 속 착한 마음이 되어

3장 가을

결실도 없지만 좋았다고 웃는 일

4장 겨울 지나 다시 봄

신중히 걸어 당도한 마음

1장 봄

인생의 긴 소란을
뒤로하고

좋아질 것이라 믿어 보는 일

"사람들은 언제나 여행을 한다.

자신에게 가장 이로운 쪽으로 옮겨가고 있다."

이삿짐을 싣는 동안 희끗희끗 눈발이 날렸다. 3월의 시작이었다. 지긋한 나이의 기사님은 살아 온 삶의 힘줄 만큼 단단한 밧줄로 짐들을 동여매고 나를 슬쩍 올려다봤다. "시동 걸고 있을게요"라는 말을 나는 마지막 인사를 하고 오라는 말로 이해했다.

텅 빈 아파트 단지 사이로 여전히 차가운 바람이 몰아쳤다. 겨울을 잘 견딘 마른 잎들의 박수 소리가 들렸다. 나는 가야 할 곳이 어딘지도 모르고 집을 나선 여행자처럼 움츠리고 있었다.

배웅도 없고 마중도 없었다. 이사하는 것이 아니라 몰래 집을 나서는 아니, 도망치는 것 같은 기분이 들었다. 마음은 이른 아침의 대합실 귀퉁이처럼 허했다. 적나라하게 드러났던 남루한 살림들이 단단히 덮여 있는 트럭을 한 바퀴 돌고 난 뒤 어서 가자고 기사님께 재촉했다. 여행자의 인사는 장황한 말이 아닌 질끈 감는 눈으로 대신해야 한다. 속으로 다지는 것이다.

더 챙길 것도 빠뜨릴 것도 없는 간소한 물건들이 작은 트럭 안에서도 공간을 훌렁훌렁 남기는데, 빈자리를 메우듯 여전히 부실한 눈이 내리고 있었다. 장소도 시기도 모르고 떨어지는 꽃잎 같은 눈의 배웅. 이런 지랄 같은 상황도 아름답다면 아름답겠다. 괜찮았다. 그렇게 생각하는 것만으로 손해 볼 것 없는 출발이었다.

파란색 트럭은 도심의 외곽에서 마지막 여운처럼 가다 서기를 반복하며 지루한 출근 시간을 함께 견뎠다. 이런 풍경은 당분간 볼 수 없을 것이다. 여행자로 살아온 날들이 가져다준 가장 명확한 일은 경쟁하지 않는 날들이었으니, 늘 빠르거나 느린 시간을 택해도 문제 될 것 없는 삶이었다. 그런데 그것도 부족해 더 깊숙한 곳으로 흘러간다. 빌딩들이 사라지고 아직 겨울옷을 벗지 못한 산들이 결속된 풍경은 도시의 사정을 전혀 모르는 듯 평화로웠다. 잘 있어라, 이렇게 중얼거리는 동안 몇 개의 터널이 새로운 삶의 힌트처럼 드문드문 나타났다. 낯익은 풍경들이 밀려나는 동안 마음속 어딘가가 터널을 빠져나오듯 환해졌다가 다시 어두워지기를 반복했다. 그때마다 하늘도 두통을 앓고 있는 것처럼 여러 차례 밝아졌다가 흐려지기를 반복했다.

기사님과 나란히 앉은 무릎 위, 소중하게 간직한 것이 있다. 귀중품 없는 삶에 불청객처럼 찾아온, 귀중품만큼 중요한 물건이 담겨 있는 가방이다. 내가 조금 흔들리거나 움직일 때마다 바스락거리는 소리가 났다. 가방 안에 가득 처방된 알약들은 든든하기도, 성가시기도 하다. 오랜 통원치료 끝에 받은 3개월 치 약봉지는 생각보다 부피가 컸다. 어쩌면 이 약들은 도시에서 받은 성적표인지도 모른다. 약이 든 가방을 소중하게 안고 달리는 시간, 자주 변하는 하늘도, 너무나 거침없이 멀어지는 속도도 어쩌면 현실이 아닐 거라 생각했다.

언제부턴가 조금씩 몸이 아프기 시작했다. 지난해 여름이었거나 가을이 되기 전부터였다. 불면의 밤이 자주 찾아오더니 두통이 심해졌고, 가끔 정신이 아득해지기도 했다. 하릴없이 유유자적 사는 날에도 먹구름처럼 가슴이 조여 오면 도무지 맑아지지 않았다. 아무리 좋았던 일을 떠올려 봐도 나아지지 않았다. 불면의 밤이 점점 늘어났고, 꿈과 현실이 뒤엉킨 채로 새벽을 맞는 날이 잦았다. 긴 터널의 중간쯤에서 돌아가지도 나아가지도 못하는 시간이 많았다. 그럴 때마다 모진 생각들이 달라붙어 수명이 얼마 남지 않은 전구처럼 깜빡거리기도 했다. 예민함이 극에 달해 글을 읽을 수도, 음악을 들을 수도 없었다. 손톱 끝에서부터 심장까지 무언가 날카로운 것으로 파는 것만 같았다. 밥을 삼킬 수도 없었다. 나는 내내 긴장해 있었고 피곤함에서 벗어나지 못했다.

회복할 수 없는 시간은 대부분 세상 탓으로 돌렸다. 아무 잘못 없이 차출된 희생양처럼 어디에도 누구의 마음에도 소속되지 못하는 날들이었다. 모든 것을 내 탓이라 여기고 살던 삶에서, 사소한 것까지 세월의 탓으로 돌리며 부실한 위로로 연명했던 시간. 짐을 다시 꾸려야겠다고 생각했다. 온 세상이 멈춰선 시대, 많은 여행자들의 발이 묶였는데, 다시 떠나는 자가 되기로 했다.

더 이상 여행하지 못하는 나날, 제자리만 지키며 세월이 해결해주기만을 기다리는 시간은 곰팡이처럼 번져 몸을 타고 들어와 생각까지 병들게 했다. 이러다가 배낭을 짊어질 힘조차 남지 않겠구나 하는 생각에 이사를 마음먹었지만 아득한 마음은 가눌 길이 없었다. 분명 좋아지기 위해서 떠나는 일인

데 두려움은 면역되지 않는다. 그럴 때마다 굳건한 표어처럼 '나는 오래된 여행자'라며 애써 위로하고 다짐해 보지만, 삶을 옮기는 일은 여행보다 곱절로 무거워 침이 마른다. 운전대를 잡은 노인의 오른손이라도 잡고 위로받고 싶은 마음이었다.

작은 트럭 창문으로 밀려드는 풍경이 영화관 맨 앞자리처럼 생생하게 다가오는데, 그 와중에도 뜬금없이 배는 고팠다. 조금 이른 시간이긴 했지만, 쉬어가듯 식사를 하고 가자는 나의 제안에 기사님은 어색하게 마주 앉아 허기를 채우는 일보다 식사비를 챙겨 남은 길을 얼른 마무리하는 쪽을 택하셨다. 무안하지 않았다. 그 마음을 왠지 알 것 같아 고개가 끄덕여졌다. 오히려 그 말의 무게에 나의 공복은 말끔히 사라졌다. 생활의 무게가 허기보다 무거운 법이다.

우리는 매 순간마다 상황의 무게를 저울질하며 어느 쪽이 더 이로운지 스스로 해명하고 결정하고 실천해야만 한다. 삶은 이토록 고단하고 빈틈없이 단단하게 짜여, 몇 개의 터널을 지나도, 몇 번의 고개를 넘어도 쉽게 끝나지 않는다. 모든 이의 삶이 그렇다.

나는 이동한다.
내가 정한 방향으로 움직이고 있다.

그러니까 좋아지기 위해 나아가고 있는 것이다.

누구나의 선택처럼,

나도 내게 가장 이로운 쪽으로 옮겨가고 있다.

누구의 축복 없이도 스스로 자축하며 낯선 대륙으로 떠났던 먼 길처럼.

이것마저도 여행일 것이다.

저기 까만 도로 위에 걸린 초록색 표지판, 봄 햇살에 반짝이며 굳건하게 손 흔드는 두 글자, 밀양! 세상에서 가장 부드럽고 따뜻한 고딕체였다.

도시를 벗어난 지 다섯 시간 만에 태양의 농도는 달라졌다. 다행히 나는 무사히 도착했다. 그리고 봤다. 이곳은 확실히 봄이었다. 급하게 짐을 부리고 떠난 기사님의 등허리보다 부드럽게 깔린 산비탈. 이제 이곳에서 새로운 꽃을 피울 것이다. 이렇게 중얼거리는 내 입 꼬리가 살짝 올라간다. 그렇다. 반나절 만에 달라지는 마음, 삶이 고단하지만 않은 이유다. 누구나 좋은 것을 대면하면 좋아질 것을 안다. 그런 식으로 조금씩 좋아질 것이다. 그렇게 믿어 본다. 당신이 어느 낯선 대륙에 도착해 방향도 모르고 하늘만 바라볼 때도 울지 않았던 일처럼. 그럴 때마다 가장 좋은 것을 떠올려 스스로 위로하며 용기를 얻었던 일처럼. 그때처럼, 가장 좋은 마음을 꺼내 보는 일.

불안을 떨치는 가장 좋은 방법은 좋은 것들을 떠올려 보는 것이다. 당신의 첫 여행사진을 꺼내 보는 일처럼. 그렇게 다시 여행자처럼.

나는, 오래된 여행자다.

특별한 보통날의 시작

"당신도 알고 있다.

사소한 것들이 최대의 사치처럼 여겨질 때가 있다는 것을."

오늘이 며칠째인지 모른다. 그러나 확실한 건 눈뜰 때마다 서울이 아니라는 것은 안다. 나는 하얀 알약들에게 이끌려 잠에 들곤 했다. 한 가지 바람이 있다면 그 알약들이 부디 나를 좋은 꿈으로 인도하는 것. 하지만 이곳에 와서는 꿈도 없이 깊은 잠에 빠져들곤 했다.

이 동네는 작다. 너무 작아 잠결에 헛손질을 해도 구석구석 손이 닿을 정도인데, 이 동네에서 아침을 맞이할 때마다, 꿈이란 꾸는 것이 아니라 눈을 뜨고 경험하는 것이라는 생각이 들었다. 잠만 잘 자고 일어나도 딴 세상, 아침이면 청명한 새소리가 몸을 가볍게 만들었다. 봄이 시작되려면 아직 일렀지만, 그런데도 나는 꽃밭에 누워 있었다.

이사를 오기 전 서너 번의 방문이 있었다. 기차에서 내렸을 때 밀양역 앞의 풍경은 이랬다. 몇 동 되지 않는 고층 아파트도, 드문드문 자리한 프랜차이즈도 도시에서 물려받은 이름을 그대로 달고 어색함 없이 서 있고, 그 사이로 옛것들이 팔짱을 끼고 영남루 지붕으로부터 완만하게 이어지고 있었다. 묘한 조화로움이었다.

밀양은 시외버스터미널 근처로 오일장이 열리고 대형 마트들과 국밥집과 얼마나 성과를 내는지 알 수 없는 브랜드들이 무심하게 펼쳐져 있는 인구 10만 남짓의 소도시다. 삶의 편리를 도와주는 것들이 도처에 자리를 잡았지만, 새로 발명된 편리함과는 절대로 바꿔서는 안 될 귀한 것들도 제자리를 잘 지키고 있다. 내가 머물 곳은 이런 모든 것들이 비켜 간, 한참 외곽의 테두리쯤 될 것 같다. 어색한 도시의 풍경을 피해 다리 서너 개를 건너면, 단장천이 완만하게 흐르는데, 단장천 옆으로 심어진 가로수를 따라 면사무소 삼거리에서 비켜 가는 길, 그 길의 어디쯤에 있다. 소도시, 밀양에서도 차를 타고 삼십 분을 넘게 달려야 도착하는 곳, 밀양시 단장면 무릉리. 나는 여기에다 나를 옮겨 놓았다.

이곳은 살구꽃 만발한 파키스탄의 북쪽, 훈자Hunza보다 더 작은 마을이다. 도시로 나간 사람들이 벗어 놓고 간 헌 옷처럼, 껍데기만 놓인 집들이 많다. 그래서 사람 소리보다 새소리가 더 많이 들린다. 이십여 가구가 될까 말까 하는데 더러는 주말만 이용하는 집들도 있다. 사람이 사는 영역보다 산과 나무와 풀과 꽃의 영역이 더 넓고, 대부분의 공간은 낮은 산들의 부드러운 능선이 메우고 있다. 편의점도 없고 가게도 없다. 상수도 대신 지하수가 선물처럼 공급된다. 없는 게 많지만, 덕분에 전혀 예상하지 못했던 것들이 보장된다. 그래도 우체부와 배달원이 그냥 지나치지 않는다. 이곳은 프로방스의 흙길 끝에 들어선 외진 마을처럼, 엽서 한 장이면 면밀하고 자세히 기록될 수 있는 곳이다.

나는 여기, 가장 젊은 나이로 입성했다. 혹자는 너무 이른 나이에 귀촌한 것이 아니냐고 말하지만 마을 사람들과 인사해 보니 조금 더 빨리 내려왔으면 조금 더 많은 칭찬을 받았겠다 싶다. 나는 이제 더 이상 젊지 않고, 더군다나 어리다고 생각지도 못했지만, 여기서는 그렇다고 한다.

어머니의 손을 잡고 초등학교 입학식을 하러 온 학생처럼 이 작은 마을에서 1학년 1학기를 시작했다. 아직 고학년의 고충은 몰라도 될 것이다. 입학식이 끝나고 홀로 등교한 첫날처럼 서먹함은 있지만 그마저도 나를 이롭게 했다. 최근 여러 날을 설레지도 즐겁지도 않고, 나이만 헤아리며 하릴없이 보냈던 터라 이 막막함마저도 좋았기 때문이다.

맛있는 것을 앞에 두고도 잘 먹을 수 없고, 편한 잠자리 위에서도 곤히 잠들 수 없었던 시간이 멍처럼 깊이 남아 오랫동안 없어지지 않을 것 같았다. 잘 먹고, 잘 자는 일, 아무것도 아닌 이 일을 행하는 것이 쉽지 않던 나날들이었다. 그러나 이곳에서는 당분간 나만 생각하며 살기로 했다. 아주 노련한 어린이처럼, 낯선 곳에 처음 도착한 여행자처럼. 아무것도 모르고, 모르는 것을 오히려 다행인 것으로 여기며 공손한 자세로 살아 볼 작정이다.

멋모르고 겅중겅중 며칠을 보내는 동안 낯선 곳에서 느끼는 서먹함과 막막함이 희미해지고 있다. 밤이 오면 자고 해가 뜨면 일어난다. 먼 새소리도 가까이 들리고, 바람은 그냥 바람인 채로 불어온다는 것을 알게 됐다. 갑작스럽게 주어진 이 삶이 내겐 아주 특별하지만, 원래 이건 아주 보통의 삶이 아니었나 하고 생각한다. 오래전 내가 부러워했던 지구 반대편 누군가의 삶이 이 생활이 아닐까.

나는 다시 좋아질 것이다. 오늘도 잘 자고 내일도 잘 먹을 나는, 확실히 잘 살 수 있을 것이다.

인생이라는 무작정

"아무것도 만들지 않았으니 쌓아 둘 것도 없다.

그러니까 돌아보지 않으셔도 된다."

사흘 밤낮으로 흔들리고 흔들리며 꿈마저 쫓아버리던 남인도행 침대칸 기차. 두 번의 밤, 스물아홉 시간을 꼿꼿하게 앉아서 지냈던 미얀마의 고집스러운 버스 안. 지구의 끝을 찾아 떠난 아르헨티나 남쪽 어느 숙소에서는 방이 없어 마당에 친 텐트 안에서 바람을 덮고 별을 보던 일. 호수가 찬란하게 내려다보이던 독일의 아름다운 산장과 어떤 자세를 취해도 히말라야가 온종일 보이는 파키스탄의 숙소. 푸에르토리코의 푸른 바다 위를 미동도 없이 떠내려가던 거대한 유람선의 푹신한 침대. 세상을 굴러다니며 생긴 상처와 피곤함에 절은 척

추를 나열하며 아름다운 꿈을 꾸던 지구상의 모든 숙소들은 내게 얼마나 다행이었나. 존재했으나 아무것도 남기지 않고 떠나온 자리, 오로지 마음으로 살아 있는 일들은 또 얼마나 다행인가. 험하고 불편하고 그마저 아름다웠던 낯선 밤들을 떠올리며, 여기 나의 작은 집에 이름표를 달았다. 이름 없이 떠도는 바람으로 살다가 겨우 안착한 곳이 눈물겨워, 내 인생의 첫 문패를 단다.

처음부터 좋은 얼굴이 있다. 마음을 알기 전에 얼굴만 봐도 살아온 일생을 알 것 같은 인상이 있다. 그런 첫인상에 이끌려 마음으로 다가가는 일. 이 집을 처음 만났을 때도 그랬다. 집 안은 둘러보지도 않고 담벼락만 봤을 뿐인데, 마치 외출 나갔다가 돌아온 사람처럼 전혀 낯설지 않았다. 아무 말 하지 않았는데 환영의 인사를 받은 것처럼 대문 안으로 발을 옮겼다. 낯선 사람을 어색하지 않게 대해주는 집이다. 기와가 가지런히 올려진 낮은 돌담이 가장 마음에 들었다. 능소화 붉게 휘감긴 검은 기와 아래로 빛바랜 황토로 분칠한 낮은 담이 서 있는데, 집 전체를 환하게 드러내지 않으면서 적당히 비밀스럽기도 했다.

푸른 잔디가 깔린 작은 마당을 손바닥 벌린 듯 감싼 기역자 형태의 낮은 한옥 집이다. 아래채에는 아궁이가 있는데, 천장이 너무 낮아서 똑바로 설 수가 없다. 하지만 앉아서 올려다 봐야 해서 하늘이 무한대로 넓게 다가온다. 덕분에 적응하는 기간이 좀 길었다. 서까래에 몇 번이나 머리를 부딪치고 나서야 공손한 자세로 살아야 한다는 것을 알았다. 시골집치고는 작은 집이라 초보자가 감당할 수 있어 쉽게 친해질 수 있겠다 싶었지만 그렇다고 만만하지는 않았다.

집 뒤에는 손바닥만 한 텃밭이 있어서 풍요롭다. 텃밭에서 자라나는 모든 것들이 내게는 연구 대상이다. 또한 땀 흘려 움직이는 만큼 입에 넣을 수 있는 한 치의 오차 없는 삶의 곳간이기도 하다. 집 주위로는 아름다운 산과 들이 펼쳐져 있고 바람과 햇볕이 넘쳐난다. 부실한 가운데 부족함이 없다. 이런 공간을 만난 건 행운이기 전에 운명이라 여기기로 했다. 서울의 변두리 원룸 전셋값도 안 되는 돈으로 온전히 내 집을 누릴 수 있다는 건 행운이다. 집과 내가 서로 부둥켜안았으니 운명이기도 하겠다.

신기했다. 아직도 세상에는 발각되지 않은 귀한 존재들이 많고, 서로 연결되지 못한 인연들 또한 무수하다.

이 집은 세상이 정해놓은 값어치보다 훨씬 더 윤이 나고 반짝거렸다. 지나온 삶을 비추어 보면 내게 눈부실 정도로 찬란했다. 평생을 떠돌아다니느라 배낭을 달팽이껍질처럼 메고 다니는 동안 길 위의 흔적만 남겼을 뿐, 내 몸 하나 온전히 보존할 곳 없이 살았다. 그리 살아도 좋았을 삶이겠으나, 시절에 묶여 어쩌지 못하는 상황이 되니 몸은 아스팔트에서 겨우 생명을 유지하는 풀처럼 언제 밟힐지 몰랐다. 나는 왜 도시를 고집했을까?

그런 내게 떠나도, 떠나지 않아도 마음이든 몸이든 묶어둘 수 있는 터가 생겼다. 아무리 멀리 떠돌아도 돌아올 곳은 이제 여기라는 생각에 문패까지 다는 유난을 떨었다.

몇 날을 고민했다. 이름 석 자 뿌듯하게 쓰고 싶었지만 내 이름을 달기에는 미안할 만큼 근사한 집이라 생각되었기 때문이다. 낯선 밤들을 함께 했던 길 위의 모든 집을 떠올리며 하루를 연명할 힘은 편안한 지붕이 만든다는 것을 알았다.

움직이는 모든 것들은 집을 가졌고 그 집을 닮아 간다. 하지만 좋은 값에 팔기 위해 선택하는 집에는 대부분 이름이 없었다. 마치 처음부터 이별하기 위해 선택하는 관계처럼, 언제든 좋은 곳으로 떠날 준비가 된 사람들은 집의 이름을 부르지 않는다. 단지 숫자나 층의 구분만으로 부를 뿐이다.

사람을 닮은 집도 좋겠지만 집을 닮은 사람이 되고 싶다. 내가 선택한 집이기도 하지만 집에게 내가 선택되기도 한 일이라 날마다 소중하게 불러보고 싶었다. 부르다 보면 정말 서로가 서로를 닮을 수도 있을 것 같아서.

이름을 짓는데 많이 고민했다. 이불장을 만들고 남은 두꺼운 나무에다 검은 먹으로 無作亭(무작정)이라는 세 글자를 썼다. 아무것도 만들지 않는 곳. 亭은 집이 아니다. 집이라기보다 누구나 드나들 수 있는 낮은 문턱의 장소다. 여기서 이루어지는 인연은 편안한 마음만 만들 뿐이다. 계획이 없고, 좋고 나쁨이 없고, 보이는 것을 만들지 말고, 보이지 않는 마음의 일들로만 신뢰할 수 있는 장소라면 좋겠다. 無作, 아무것도 만들지 않았으니 아무런 성과가 없다고 하더라도 마음 편할 수 있는 삶. 당신과 내 인생의 무작정. 제 몸 하나 잘 건사하며 세상에 불필요한 것을 남기지 않고 살아갈 수 있다면 좋겠다.

계획 없이 무작정 왔다가 아무것도 남기지 않고 홀연히 떠나도 서운하지 않기를 바라는 마음으로 세 글자를 힘 있게 눌러 적었다. 처마 밑에 비를 피해 달린 문패. 나는 새로 이름을 얻은 사람처럼 자꾸만 자랑하고 싶은 마음이 생겼다. 세상은 모르는 이름. 그러나 내가 세상 어디를 떠돌더라도 절대로 길을 잃지 않는 이름.

그대여 무작정 오시라. 준비 없이 계획도 없이, 눈처럼 오시고 비처럼 오셔도 된다. 오셔서, 우리는 낮은 지붕 아래 마주 앉아 낯선 길 위의 말들처럼 떠돌자. 그러다가 해가 뜨면 다시 각자의 길을 걷자. 아무런 계획 없이 떠났다가 우연히 알게 된 좋은 친구처럼, 작은 지붕 아래 마주 앉아 세상에서 얻은 좋은 꿈들을 공평하게 털어놓으며 자유롭게 우주를 떠다니자. 계획하지 않고 인연을 만든다는 것은 여행자가 만들어낼 수 있는 유일한 값어치. 그렇게 무작정.

좋은 얼굴들이 매화처럼 떠올라

"이토록 걱정 없는 밤, 뜨겁게 달구어진 등허리는 영혼까지 따뜻하게 만든다는 것을 알게 되었다."

이건 수행에 가까운 일이다. 여러 동영상을 섭렵했는데, 원리는 다 같다. 동영상에서 본 대로 했지만 벌겋게 충혈된 두 눈에서는 눈물만 주르륵 흐른다. 동영상에서 본 찬란하게 피어오르는 불꽃은 타인의 축제인가? 단숨에 활활 타오르는 뜨거운 밤은 경험 없는 자에게는 쉽게 주어지지 않는다. 이해와 실전의 차이는 엄청나게 크다. 자책할 이유는 없었지만 자존심이 상하긴 했다. 담뱃불 붙이는 것처럼 찰나에 활활 타오르는 승리의 맛을 느끼지 못하고 며칠 동안 눈물만 흘렸다. 그러나 뜨뜻하게 등을 지지는 저녁이 되면 또다시 이 수고와 수모를 당해도 상관없을 것 같다. 군불 지피는 일 말이다.

뒤뜰의 매화나무 가지를 잘라낸 것이 생각보다 양이 꽤 많았다. 꽃이 남아 있는 일부는 낡은 주전자에 꽂아 테라스와 창가에 놓았는데, 그러고 보니 삶이 좀 나아진 것 같아 뿌듯해 한참을 바라보았다. 본채는 최근에 지어 스위치만 한 번 누르면 난방이 저절로 되지만, 아래채 낡은 황토방은 군불을 지펴야 겨울의 잔해를 겨우 녹일 수 있다. 그나마 낮에는 창호지가 곱게 발린 창으로 햇살이 들이쳐 외투만 걸쳐도 책 읽기 좋은 온도가 되지만, 해가 지면 산 그림자가 어김없이 한기를 몰고 온다. 그때마다 봄은 아직 저 산 뒤에 웅크려 있다는 것을 깨닫곤 했다.

언제나 봄은 멀다. 아궁이 한번 제대로 들여다보지 않고 살아온 세월이 새로운 국면을 맞았다. 본채에서 잠을 청하면 될 일이지만 아래채는 통유리가 있어 바깥 풍경을 방안까지 고스란히 가져온다. 마치 캠핑을 온 것처럼 평화롭다. 모든 걱정이 사라지는 이 공간은 포기할 수 없는 시골 생활의 일부다. 게다가 동굴처럼 낮은 천장을 가진 덕에 한번 들어온 온기는 여러 날 동안 머물러 몸과 마음을 노곤하게 만든다.

도시에서 배달된 종이상자들을 구겨 넣고 장작을 올려 불을 지핀다. 서툰 손으로 제대로 불을 피우려면 몇십 분은 걸린다. 장작과 사투를 벌여야 겨우 따뜻한 밤을 보낼 수 있다. 붙었다고 안심하는 짧은 동안에도 불은 이유 없이 꺼져버리곤 했다. 오늘 밤에는 매화나무 가지를 수북하게 밀어 놓고 따뜻한 밤을 기대한다. 짙은 안개처럼 연기가 밀려온다. 연기 속으로 꽃잎이 채 떨어지지 않는 가지가 보인다. 그 사이로 붉은 불꽃이 번진다. 매화 향기 가득한 아궁이에 머리를 박고 매콤한 눈물을 흘린다.

잘린 가지들은 그냥 방치하기도, 버리기도 아까워 불을 지피고자 했지만 생나무가지에 불을 피우는 것은 여간 성가시고 어려운 일이 아니었다. 하지만 자욱한 연기 사이로 팝콘처럼 하얗게 핀 꽃들이 특유의 향기를 풍기는데 이런 아름다운 저녁이라면 몇 번을 울어도 좋겠다고, 이토록 향기로운 밤이라면 뜬눈으로 밝혀도 상관없겠다고 생각했다.

뜨끈한 방 안에 등을 붙이고 있다. 뼈의 안쪽부터 아니 심장으로부터 개운해지는 신비로운 느낌. 타닥타닥 마디를 부러뜨리며 타들어 가는 봄밤. 이런 밤엔 매화꽃처럼 맑은 술 한 잔 놓고, 내가 잘못 살았던 시간에 대해 반성하기보다는 아직 남아있는 앞날에 축배를 드는 것이 나은 일일 것이다.

꽃잎 내리는 봄밤. 좋은 얼굴들이 매화꽃 잎처럼 떠오르는 자정. 그대들 한 사람 한 사람 모셔다가 성의껏 이야기하며 서로의 등이나 긁어줄 수 있다면 그 또한 좋은 일이겠다 상상하는 밤. 삶은 매운맛으로 눈물 찔끔거리다가 벌겋게 충혈된 눈으로 바라볼 때, 그때쯤 겨우 다가오는 것인가. 아직은 군불하나 제대로 지피지 못하는 엉성한 삶이지만 이 또한 몇 번의 봄이 지나면 괜찮아질 일이니, 이 봄밤 그대들도 나만큼만 따뜻하시라.

별이 빼곡한 밀양처럼
과하지 않게 미량처럼

"나는 소박하게 늙어가는
순한 노인이 될 것이다."

청소를 하다 말고 메모를 했다. 벙글거리며 홀로 웃고 있는 내가 낯설어서, 이 웃음의 종류가 뭘까 생각했다. 난잡하게 흩어진 물건들 사이를 오가며 메모지를 찾는 순간에도 입꼬리는 계속 올라가 있다. 갑자기 다른 행성에 떨어져 익숙하지 않은 날들을 지내는 동안 받은 충격인가 싶었다. 그렇다면 큰일이다. 아직 제대로 살아보지도 못하고 정신을 놓으면 안 된다 생각하면서도, 그럴 일 없다는 것을 창 너머 평화로운 봄 풍경을 마주하며 안다.

여전히 태양은 잠옷처럼 부드럽고 따뜻하다. 바람은 잔잔하다. 메모지에 적힌 두 글자 '밀양'. 웃었던 게 아니라 이 단어들을 입속에서 궁굴리고 있었다. 단지 이 두 글자가 좋아서, 좋아져서 무의식중에도 자주 발음한다. 입에 붙어 떨어지지 않은 익숙한 노래처럼 자꾸만 입속에서 맴돈다. 밀양이라고 발음하면 저절로 웃는 얼굴이 되는데, 작게 소리 낼수록 더 온화한 사람처럼 단정하고 곱게 느껴진다. 둥글게 마무리되어 수시로 던지고 내뱉어도 상처 나지 않는 단어다. 과하지 않고 들뜨지도 않는다. 그래서일까. 이곳에 들어서는 순간부터 내가 환해졌다는 것을 알았다. 도시에서는 생각해 본 적도 없는 이 귀한 단어는 묵은 먼지 털어내듯 툭툭 뱉는 순간마다 맑아진다.

이런 일로도 좋아질 수 있다는 것. 대단한 발견을 했다. 이 지구에서 내가 좋아지는 곳을 또 만나게 된 것, 얼마나 행운인가. 이 두 글자가 나를 끌어당겼으니 딱히 허락받지 않고 발들였고, 단호한 결심 없이 짐을 풀었다. 그리고 글자처럼 간단하게 살아간다. 그런데 이게 뭐라고 자꾸 웃음이 날까. 먼저 좋아한다고 말하고 나면 정말 그렇게 되겠지. 나도 밀양처럼 되겠지. 그러니까 밀양처럼 살란다.

밀양密陽은 미량으로도 읽힌다. 아주 적은 양이라는 뜻. 과하지 않게 살라는 뜻으로 새긴다. 그러다 보면 볕으로 가득한 이 단어처럼 따뜻한 삶이 될 수도 있겠지. 새로운 바람이 생겼다. 복잡한 목표는 없다. 거대한 희망도 품지 않는다. 다만 다가오는 모든 것을 빼곡한 정성으로 대하고 양지바른 곳에서 아무 걱정 없는 얼굴로 꾸벅꾸벅 졸면서 늙어가는 것이다.

훗날 이곳에서 일어난 이야기들을 꿈으로 꾸는 순한 노인이 되어 있었으면 좋겠다. 아마도 별일 없다면 그렇게 될 수 있지 않을까? 그 정도가 삶의 가장 큰 바람이면 괜찮지 않겠나. 두 글자에 볕이 빼곡히 들어찬 밀양처럼.

꽃의 가운데에서 살 수 있으니

"나는 당신에게 사라져도 아름다운 추억,

당신은 내게 지워져도 행복한 기억이다."

5월이라 쓰지 않았고, 영화라고 썼다. 동양적 색채가 아주 짙은 어느 영화감독의 시나리오처럼, 여기 꾸미지도 않은 무대가 있다. 이 계절엔 어디서 살더라도 아름답지 않겠냐만 풍경을 바라보는 내가 이렇게 아름다워져도 되겠나 싶을 정도다. 밀양에서 그간 모르고 살았던 것들을 본다.

생활에서 발견하는 작은 기쁨이 이토록 크게 느껴지는 것은 어찌 된 일인가. 조그만 마당에 깔린 잔디 위로 내려앉은 이슬, 새로 자라나는 풀들과 그 사이를 눈치 보며 오가는 새들을 구경하는 아침. 이런 아침에는 좋은 소식이 없어도 좋다.

삶은 걱정거리로 가득한데, 그 걱정을 잊게 만드는 일 또한 삶 속에 있다. 밀양에 와서 그걸 깨닫는다. 계절이 바뀌는 것을 알아보는 일만으로도 삶이 훨씬 좋아질 수 있다. 지금까지 무심히 보낸 계절들이 후회스럽지만, 지금이라도 알았으니 그나마 다행이다.

꽃이 넘쳐난다. 어느 집이나 골목 할 것 없이 그렇다. 개울가에도 논둑길에도 어쩌다가 까무룩 졸고 있는 할머니의 볼에도 발그레 꽃이 피었다. 시선 닿는 곳 어디에나 꽃이다. 그래서 그냥 꽃을 본다. 구경하는 것이 아니라 봐준다. 꽃에게 출생은 본인의 의지가 아니지만, 보는 이 드문 곳에 아름다운 존재로 태어난 일은 약간은 서러운 일이라서, 그런 꽃을 일부러 찾아나서는 시간은 꽃의 아름다운 수고에 대한 보답이 될 수도 있겠다 싶어서.

게으른 나날이지만 꽃을 부지런히 찾아 나선다. 뒷산을 향해 경배하듯 핀 벚꽃들은 한순간 흔적도 없이 사라졌고 뒤를 이어 다른 꽃들이 줄지어 피어 봄을 더욱 좋은 계절이게 한다. 보이지 않는 곳에서 자기가 꽃인 줄도 모르고 핀 꽃과 화려한 꽃 무리 틈에서 소소하게 자리 잡은 꽃까지, 피어난 모든 꽃은 어지러울 정도로 아름답다. 자잘하고 연약하게 핀 것과 화려하게 드러낸 것, 풀처럼 흔하거나 홀로 우뚝하게 존재감을 드러낸 것들까지 아름답지 않은 꽃이 없다.

꽃의 이름은 모른다. 들꽃이거나 그냥 꽃으로 부른다. 허나 그냥 꽃으로 불리거나 불리지 못해도 여전히 꽃인 것처럼, 우리 역시 누군가에게 호명되지 않아도 서러울 일은 아니겠다. 간혹 이름 앞에 붙은 것이 이름보다 귀한 대접을 받을 때도 있었다. 서로의 이름을 부르며 이름만으로 존재를 증명하던 시기가 있었다.

내 이름을 가장 이름답게 불러주던 친구가 선물한 시계는 이곳에도 지천으로 피었다. 도시의 어느 풀밭 위에서도 본 적이 있고, 낯선 나라의 들판에서도 행운의 잎사귀를 두르고 흔하게 피어났다. 친구는 클로버라고 부르고, 나는 토끼풀이라 불렀던 하얀 꽃은 꽃이기도 했고 우리에게는 시계기도 했다. 꽃시계라니. 꽃으로 채워진 시간이라니. 그 흔한 꽃이 시간을 묶을 수 있다니. 돌이켜보면 시간에 매달려 살지 않던 날은 모두가 꽃이었는지 모른다. 꽃이 더 이상 시계가 되지 못할 때, 제 팔목 한 번 들여다볼 일 없이 바쁘게 살며 잠시 꽃을 잊었다. 꽃에 묶여 있던 좋은 시절을 잊었다. 이제는 여기 아무렇게나 발견되는 꽃들을 보며 시간을 되돌린다.

내가 좋았던 모든 것을 떠올리는 일. 그 자체로 봄날이고 꽃이 되기도 한다. 하지만 더 이상 불릴 일 없고 더 이상 부르고 싶은 이름이 남지 않았을 때도 우리는 그 누군가에게 꽃이라는 것을 잊지 않는 것, 그것만으로도 좋을 일, 그것이 꽃이 주는 교훈 아니겠나. 화려하지 않고 이름을 알 수 없어도 끝내 아름다울 수밖에 없는 꽃. 꽃이 피는 동안 내내 기억할 것이다. 꽃에게 짐이 있다면 태어나는 순간부터 추락하는 순간까지 아름다워야 한다는 의무.

꽃이 피는 시절, 잊고 살았던 것들만 떠올려도 해가 기운다. 아름다운 것들을 마주하면 그만큼 많은 사람의 이름이 또 피어난다. 세상에 아무 보탬이 안 되고 이윤을 남기지 못하는 삶이지만, 꽃의 가운데에서 살 수 있으니 그걸로 됐다. 그런 일로 꽃의 시절을 보낸다.

너는 모르겠지만
달빛이 내 마음을 대신하고 있다

"장국영의 목소리로 '월량대표아적심'을 듣다가 메시지로 보내기엔 다소 긴 문장을 쓰고 말았다. '잘 지내?'라고 묻는 세 글자에 그렇다고 답하지 못하는 복잡한 마음이 있었다. 상처투성이의 문장을 떠나보내고 나니, 나조차 알 수 없는 마음이 되었다. 괜찮다. 달빛이 대신하는 마음도 있으니, 그 정도는 이해하리라 믿고 보낸 말이다."

바람이 단장천을 긁으며 이 좁은 언덕의 숲으로 깔리면 저녁 해는 어김없이 기울고 있었다. 춥거나 한기가 들지 않고 시원하게 눈을 감는 시간이었다. 숲에게 이르되, 나는 무사한가?

바람 같은 한량으로 사는 게 꿈이라 더운 계절에도 땀 한 방울 흘리지 않는 게 자랑이라면 자랑이지만 실은 수많은 부끄러움 중 하나다. 금전적으로 눈곱만큼의 희망도 없는 처지에서 줄이고 줄이는 것이 유일한 수입이다. 그러나 이 숫자놀음에서 잠시 벗어나면 온통 돈으로 살 수 없는 것이 주변에는 지천이다. 그 귀한 것들이 산책할 때마다 종아리를 스치고 뒷마당 그늘에만 앉아도 흔하게 보인다.

새벽안개보다 낮게 깔린 들풀과 한 번만 더 설명을 듣게 된다면 확실히 알 것 같은 꽃의 이름과 꽃에게 의지하는 풀벌레 같은, 몰라도 되고 모른 채 넘어가도 삶에 아무런 지장이 없는 것들을 어루만지는 시간. 그 시간이라도 내게 진심이라면 후회 없겠다고 달이 뜨면 말한다.

누군가가 세상의 큰 힘이 되는 동안 나는 그것에 열광하며 기뻐해 주거나 멀리서 박수 치는 정도만으로도 우리는 제 할 일을 하고 산다고 생각한다. 좋은 것을 좋다고 말하고 나쁜 것에 팔짱 끼지 않는 일. 그러니까 당신은 그렇고 나는 이렇다는 이야기. 그곳이 아니라 여기여서 오히려 다행인 시간. 그러니까 나는 무탈하게 잘 지내고 있다는 말. 너는 모르겠지만 달빛이 내 마음을 대신하고 있다.

쓸모 있는 사람이 되어 가는 중

"당신에게 배운 언어들로

겨우 당신처럼 살 수 있는 일."

내 몸을 굴려야 비로소 한 시간이 간다. 내 마음을 파고 파야 겨우 하루를 이룬다. 먼지 한 알을 걷어내는 일조차 순전히 나에게서부터 일구어야 하는 일들이다. 어쩌면 체력보다 정신력에 해당하는 일들이다. 그러나 마음만 있다고 해서 몸이 따르는 일 또한 아니라는 것을 절실히 느끼게 되었다. 다행인 것은 시간이 많아 체력은 그다지 문제가 안 되고 정신을 이어가는 것이 관건이라는 것. 내가 할 일을 도와줄 사람은 오로지 나 자신이다. 편리한 많은 것들과 멀어져 불편 속에서 새롭게 잉태되는 자족의 날들에 빠져, 보잘것없는 결과들을 젊은 날

제일 잘 나온 사진들을 바라보듯 충만한 마음으로 뿌듯해한다. 일상은 모든 것이 내 탓이고, 누구와도 연루되지 않고 삐거덕대며 조금씩 나아가고 있다. 그 나아감을 느끼며 내가 영 쓸모없는 사람은 아니구나 싶다.

모아 둔 적 없는 시간이 스스로 불어나 적금처럼 와르르 쏟아지는 날들의 연속이다. 그래서 집을 고쳐 보기로 했다. 사는 데 불편함은 없지만 곳곳에 낡은 흔적들이 있고 취향에서 벗어난 색깔이나 소재가 많다. 그것을 바꾼다면 더 사랑하는 공간이 될 것 같아서 그러기로 했다. 정말 시간이 넘쳐나니까. 돈을 입히는 것이 아니라 시간과 노력을 들이는 것이라 가능한 일이다.

아무리 산골짜기라도 돈의 부름을 받으면 마다하지 않고 달려올 전문가들이 있겠지만, 세상 어디나 나를 떠나면 모든 건 비용이다. 덕분에 날마다 직업이 바뀌고 있다. 어제는 페인트공이었다가 오늘은 타일공이고 내일은 도배사가 될 예정이다. 그러나 명함은 없다. 한 줄로 요약할 만큼 명확하게 잘하는 게 없어서기도 하다. 검은 기와지붕, 처마 밑으로 드러난 서까래, 집을 낡아 보이게 하는 황토색 벽들은 흰색 수성페인트로 마감하고, 결이 살아 있는 툇마루와 테라스 나무 바닥은 기름을 먹였다. 훈민정음이 쓰인 낡은 벽지 위에는 하얀 초배지를 덧발랐다. 창호지를 곱게 바른 출입문은 내 나이보다 많아 보여 앞으로도 정중히 모실 만한 값어치가 있는 것 같아 그대로 놔뒀다. 대신 안쪽에 통유리로 여닫이문을 달았더니 확실한 방풍과 방한 효과로 더 이상 추위에 떨지 않아도 된다.

모든 것이 어설프게나마 예쁘다. 하지만 자세히 보지 말아야 예쁘다. 내가 한 모든 일이 그렇다. 바닥을 기어 다니며 열심히 타일을 붙였지만, 줄눈은 일정하지 않다. 원하지 않은 사건에 휘말려 어긋난 인생처럼, 고칠 수는 없지만 자주 보다 보니 어느새 무뎌졌다. 그러려니 한다는 말이다. 전 주인의 얼룩과 타인들의 부주의는 깨끗하게 방수 페인트로 발라버렸다. 뒤뜰에 박혀 있던 바위 하나를 사력을 다해 굴려서 와 수도꼭지 아래 박아 놓고 비누며 샴푸 들을 올려놓으니 빨래터에 누군가 흘려놓고 간 듯 정겹다. 장식장을 떼어낸 자리엔 뒤뜰의 잘생긴 나뭇가지를 잘라다가 수건을 걸었다. 도배지를 잡아줄 사람이 없으니 벽과 박치기하듯 머리로 고정하고, 헤엄치듯 왼팔은 위쪽으로 뻗고 오른쪽 다리는 아래쪽으로 뻗어 동시에 허우적거리며 붙였다.

이렇게 여러 날 집을 손질했다. 말 그대로 손질이다. 기계적 깔끔함은 어디에도 느껴지지 않고, 가난과 소박함의 어느 지점에 있지만 깔끔하다. 깨끗하지는 못하다. 새 운동화가 아니라 잘 빨아서 말린 하얀 운동화 같다. 적막한 산중에서 긴 시간의 틈을 메우기 위한 가장 좋은 방법은 몸을 굴려 땀을 짜는 것인데 힘들지는 않다. 조금 피곤한 정도다. 이 정도의 피곤함으로 사는 일은 이제 일상이 되어 성공한 귀촌인이라고 자만할 때가 있다. 그 자만의 근거는 어머니가 던져 놓고 간 말들 때문이다. 살면서 문득문득 휘청거릴 때, 그 말들로 다시 일어날 때가 있기 때문이다.

대학생이 되고 첫 방학, 친구들과 뒤섞여 살던 자취방을 잠시 탈출한 기념으로 온종일 방구석에 틀어박혀 차려주는 밥만 꼬박꼬박 받아먹던 그해 여름도 지금처럼 시간이 남아돌았다. 공부마저 못했으니 잘 할 수 있는 것이 지금보다 더 없던 때다. 남들 다 하는 아르바이트도 하지 않고 시간과 살림을 축내고 있었다. 그때부터 방구석 생활은 참 잘했던 것 같다. 며칠째 깜빡이던 천장의 전구를 갈고 계시는 어머니께 "그런 일은 아들을 시켜야지." 하고 미안한 목소리를 던졌지만 전구는 끝내 내 손에 들어오지 않았다. 등허리가 축축해진 어머니는 천장만 바라보며 말씀하셨다. "네가 잘하는 일이 아니더라도, 중요한 것은 마음이다. 하고자 하는 마음 말이다." 그 말은 오랜 세월이 지나 녹이 슬어 이제 낡은 욕실의 장식장 안에서도 발견된다. 욕실의 낡은 장식장을 떼어내다가 안쪽에 박힌 오래된 나사가 겉도는 바람에 오래도록 성가신 동작을 반복했다. 제대로 된 드라이버 하나 없이 녹슨 나사를 쉽게 뺄 수는 없었다. 안간힘으로 돌릴수록 붉게 녹슨 나사는 가루를 날리며 제자리에 박혀 부랑자처럼 노려본다. 이웃집에 달려가서 전동 드라이버라도 빌리거나 해결해 줄 누군가를 부르고 싶은 마음도 있었지만 그러지 못했다. 그럴 때마다 오래전 뼈에 박힌 말이 떠올랐다. "하고자 하는 마음 하나면 된 거다." 살면서 자주 이 말이 보인다.

나는 어머니를 닮았다. 누군가에게 부탁을 잘하지 못하고, 되든 안 되든 내가 알아서 한다. 그래서 벌어먹고 사는 데 지장이 많지만, 혼자 먹고 사는 일에는 큰 문제가 없다. 자급자족의 심정으로 달려든 일이 자업자득으로 돌아와도 아무런 불만이 없다. 누구나 이 정도의 피곤함은 다 가지고 있지 않을까 하고 생각한다. 생활에서도, 사랑에서도, 일에서도 말이다.

집에게 큰 잘못을 저지른 사람처럼 날마다 머리를 조아려 쓸고 닦는 일로 하루를 시작하는 것은 내 쓸모를 최대한 나에게 베푸는 일이다. 스스로 전구를 갈던 어머니로부터 물려받은 것이다. 당신이 일러준 말들이 나의 의식이 되어 고작 당신처럼 산다는 것은 얼마나 다행인지. 그 말들이 피가 되어 세상 어디를 가더라도 내가 나로 걸을 수 있었다는 것을 알았다. 세상의 쓸모는 못 되더라도 내가 나에게 소용되고자 하는 정도의 일들은 가능해서 내 삶도 작은 집안일 돌보듯 보살피며 살게 되겠지. 고작 그 정도지만 그게 얼마나 다행인가 싶다.

어느 여름 저녁에 앞마을 김 선생님 부부께서 초저녁 별처럼 연락도 없이 나타나 거나하게 취한 얼굴로 말씀하셨다. 집과 내가 닮았다 하셨다. 단정하고 과하지 않다고 하셨다. 화려하고 멋지다는 말보다 더 듣기 좋았다. 그 말만 믿고 살아도 될 것 같았다. 단정하지 않아도 될 나이고, 과하게 살아도 흠이 안 될 세상이지만 달팽이 등껍질처럼 제 몸을 향해 감아올린 이 작은 집에서 느리게 기어 다니듯 내 식대로 살아볼 생각이다. 내 어머니의 말처럼, 중요한 건 하고자 하는 마음인 것을 알고 난 이상, 불편이 더 많은 곳이지만 살고자 하는 마음으로 산다면 또 살아질 것이다. 이왕이면 잘 살아갈 것이라 믿는다. 이 산중에서 관여하는 사람 하나 없어도, 나는 나를 위해서 스스로 참견해가며, 하고자 하는 마음을 끝내 주저앉히지 않으며 말이다. 그런 면에서 나는 어쩌면, 꽤 쓸모 있는 사람이 되어가는 중이다.

새끼발가락 또는 마음이라 부르는

“눈에 잘 보이는 것들만 좇아다니는 내게,

아프게 온 훈계다.”

엄지, 검지, 장지, 약지, 새끼발가락.

문득, 발가락 명칭을 떠올려 본다. 손가락의 명칭들은 잘 아는데 발가락은 뭐라고 부를까 하는 생각에서였다. 그러다가 새끼발가락의 안간힘을 기억해 낸다. 인도 여행에서 상처 난 새끼발가락은 처음부터 상처를 안고 태어난 것처럼 무디고 휘었다. 볼품없고 볼 일 없는 새끼발가락. 골목 귀퉁이의 돌부리에 채어 피가 나던 순간에도 새끼발가락이라 얼마나 다행이냐며 위로하던 젊은 날이 있었다. 그땐 걷고 걷다 보면 세상의 모든 것을 다 알게 될 것만 같았다. 곁에 있는 소중한 것들은 평범한 것이라 대수롭지 않게 여기고 타인의 보잘것없는 것들에만 열광하던 시절이었다. 이제 새끼발가락은 어루만져도 감각이 없다. 이것은 드러나고 튀어나온 것들만 쫓아다니는 내게 온 훈계다. 이제 그걸 알겠다.

존재하지만 잘 호출되지 않는 것들은 소용이 없는 것들이 아니라 관심을 받지 못하는 것일 뿐이다. 세상에는 이토록 끝에 매달려서 안간힘을 쓰며 연명하는, 발가락처럼 귀한 것 천지다. 너도 나도 어쩌면 그러할 것이다.

제 이름 한 번 불리지 못한 삶이 있어서는 안 되지 않겠는가. 세상에 섭섭해 하지 말고, 무심히 이름마저 가물거리는 발가락이나 한번 바라보는 심정으로 내게 오는 모든 일을 정성스레 어루만지자. 맨 앞에 서서 박수 받지 않아도, 맨 아래에 감춰져 눈에 띄지 않아도.

변화는 가장 높은 곳이 아니라 보이지 않는 곳으로부터 시작된다. 그것이 때로는 새끼발가락이기도 하다. 우리는 그것을 마음이라 부르기도 한다.

저 나이 때는 뭘 해도 다 예뻐

"그녀는 프로페셔널이다. 나도 이곳 생활의 프로가 되기 위해 무던히 노력 중이다. 진정한 프로는 남을 탓하지 않는다."

아무런 사건 사고 없이 평화로운 나날의 시골 생활에 만족하며 잘 살고 있다. 유일하게 정기적인 모임이 생겨서 더욱 그럴지도 모른다. 도시 백수에서 시골 백수로 전락한 수준이지만, 그 차이는 아주 컸다. 도시에서는 숨을 곳이 많았지만 여기는 숨을 곳도, 숨길 곳도 없다. 그래서 내 삶이 훤히 드러난다. 외로운 사람이라면 더욱 외롭거나, 어쩌면 소외가 없으니 도시보다 덜 외로울 수도 있겠다. 외로움과 즐거움은 한 끗 차이. 매주 금요일이면 동네 어르신들과 산행을 한다. 마을과 이어진 뒷산으로 말이다. 멤버는 셋. 77세, 70세 그리고 나. 막

내로 태어나 어딜 가나 막내의 역할이 자연스럽다.

어느 금요일이었다. 그 사이 시골 바람을 맞고 자란 머리카락이 산행 도중에 자꾸만 눈을 찌른다. 어중간한 길이의 머리카락은 여간 성가신 게 아니다. 눈앞의 날파리처럼 자꾸만 시야를 갈라놓고 땀에 엉키기도 한다. 그렇다고 묶을 길이는 아니고, 모자도 싫어해서 고정할 방법이 없다. 산행하는 내내 생각했다. 파마를 살짝 하면 눈을 찌르는 고통은 없겠지? 파마가 다 풀릴 때쯤이면 묶어도 될까? 이 생각과 머리카락을 쓸어 올리는 일로 등산을 하고 하산했다. 이곳은 이발소도 미장원도 막상 가려면 성가신 거리에 있어 결정하기가 쉽지 않다. 머리카락을 자르고 나면 적어도 한 달에 한 번씩은 다녀야 하는데, 그 비용을 생각하면 그냥 참고 기르는 편이 낫겠다 싶었다. 아니면 참았다가 부산이나 대구에 갈 일이 있으면, 그때 마음에 드는 미용실을 발견하면 해야지 하고 생각했다. 봐줄 사람도 없는데 도시의 '깔롱'이 남아있던 때라 어쩔 수 없다.

펌, 파마, 빠마

차를 몰고 십 분쯤 가면 번화가에 미용실이 있다. 드림마트 옆 철물점 길로 들어서면 삼거리가 나오는데 '6시 내 고향 이발소'에서 대각선으로 자리 잡은 '금곡미장원'이다. 바로 길 건너편 건물에는 '처녀다방'이라는 아주 낡은 간판이 붙어 있다. 쇠퇴한 거리는 무슨 영화 세트장 같았다.

시골에 와서 처음 이용하는 서비스를 앞두고 나름의 각오를 다지기 위해 점심을 먹으러 들어간 들깨칼국수 집 사장님의 진심 어린 추천도 금곡미장원을 찾은 이유였다. 사장님은 여기 있는 유일한 미장원이며 원장님은 유일한 실력자라고 말씀하셨다. 슬며시 문을 열고 들어서니 35년 경력의 디자이너께서 먼저 온 손님 머리를 정리하시다 하하하 반갑게 맞아주셨다. 줄줄이 앉아 계시는 손님 아닌 할머니들 끝에 앉자마자 환대의 눈빛이 쏟아졌다. 소개팅 나온 것처럼 말없이 앉았는데 주선자처럼 좋은 말로 포문을 열어 주셨다. 어디서 이런 훤칠한 총각이 우리 가게에 나타나게 되었냐는 립 서비스는 정말 듣기 좋았다. 아주 오랜만이었으므로. 그러나 그 말에 꼬리를 문 질문들로 순식간에 거의 모든 정보를 털려버렸다. 심지어 막내 누나가 퇴직공무원에다가 연금 생활자라는 것까지.

친한 친구들도 모르는 사실을 그녀들은 이제 안다. 무슨 상황이지? 다 털린 게 아니라 스스로 털게 만드는 용한 재주가 있었다. 무슨 일로 여기 내려와 사냐는 물음에, 이야기가 복잡해질까 봐 그냥 백수라고 말씀드렸지만 안 믿으신다. 잠시 말을 돌려볼 생각으로 "건너편 처녀다방은 이름이 너무 부끄러워요. 저 이름 누가 지은 거예요?" 하며 화제를 돌렸다.

“저거? 저번 주인이 지은 그대로 사용하는 거야! 처녀다방이 왜? 뭐가 부끄러워?” 하고 되물어신다. “아! 몰라요. 그냥 전 부끄러워요.” 모자라는 인간처럼 말도 안 되는 대답을 하고 나니 뭔가 허전해서 “저긴 아저씨들만 다니죠?” 반문했더니 “아니 나도 가!” 본전도 못 찾고 말았다. 아, 그렇구나. 할머니도 처녀다방에 다니시는구나. 궁금한 거 없는 얼굴로 그냥 잠자코 앉아 있자, 이길 수가 없겠다. 확실히 도시에서는 없는 순서다. 머리를 어떻게 할 건지에 대해서는 아직 내게 묻지 않았다. 나도 이곳의 실력을 확신할 수 없어 그냥 앉아 있다. 그러고 보니 진짜로 남의 동네 미장원에 놀러 온 백수 같다.

한참이 지나서 메뉴를 결정하라는 말이 날아왔다. “머리카락이 눈을 찔려서 앞머리를 파마할까 하는데, 괜찮을까요?” “딱! 빠마 잘 말리는 머리네. 이런 머리는 빠마해야 해. 2만 5천원인데 잘생긴 총각이니까 약은 제일 좋은 걸로 해 줄게.” 하시며 바로 앉힘. 앉으라는 명령도 아니고 왼팔을 끌어다가, 설명 같은 건 없고, 의논도 없고, 그냥 끌어다 앉힘. 사실 나도 잘 몰라서, 펌을 파마로 알고 있다가 순식간에 빠마가 되는 과정에 대해 아는 게 없어서 그냥 웃으며 앉았다.

그래서 그냥 앉아서 시술받았다. 잡지를 건네지도 않고, 음료수를 주지도 않는다. 할머니께서 아니 디자이너께서 처음 오픈했을 때의 그 의자에 앉아 거울 속 미장원 풍경을 본다.

염색을 하시던 할머니 한 분이 디자이너 할머니를 보고 "이 분은 특히 빠마 진짜 잘 만다고, 35년 되었다"고 힘을 싣는다. "네, 그럼요. 잘 알죠. 엄청 잘 하실 거 같아요." 예의 바른 중학생처럼 대답하며 거울 속 할머니께 잘 부탁한다는 눈인사와 동시에 내 마음을, 그러니까 디자인 방향을 브리핑했다. "머리카락은 안 자르고 그냥 파마, 빠글빠글 아니고요. 그냥 파마요." 이게 내 확실한 오더와 내가 원하는 최종 결과물에 대해 원장님께 제공한 구체적인 인포메이션. 파마가 아닌 빠마에 대한 지식이 거의 없는 나로서는 나름대로 최선을 다해 설명한 것이었다. 할머니께서도 말씀하시길, 너무 빠글빠글하면 보기 싫다며, 그래도 내가 대충은 안 한다며, 한 번 하면 오래 가고 잘 안 풀린다며……. 그 말이 좀 걸렸지만……. 그렇게 머리를 다 말았다.

머리를 마는 동안 내가 한마디만 하면 하하하 호호호 너무 좋아하셔서, 즐겁게 시술을 당했다. 시간이 언제 갔는지 모르게 커다란 머리를 홀라당 다 말아버리셨다. 계속되는 호구조사에는 그냥 웃었다. 웃다가 뭔가 좀 공유해야 할 것 같아서 나만 아는 사람들 욕도 좀 하고, 밀양에 대해서, 단장면에 대해서, 동네에 대해서 자랑도 좀 하다 보니 할머니 세 분과 아줌마 한 분과 오랫동안 마을 주민으로 지내온 것 같은 느낌적인 느낌이 들었다. 동네 통닭집 회식 때 남은 돈이 2만 원인데 이걸로 인스턴트 커피를 살 건데 디자이너 할머니는 카누가 싫다고 하고 염색 할머니는 카누가 가루는 좀 남아도 맛있다고 하셨는가? 하여튼 커피를 사고 남는 돈 2천 원은 종이컵을 사자고 하셨다. 그런 이야기 끝에, 다 말았으니 저기 안방에 앉든 눕든 들어가서 쉬라고 하셨다. 화들짝, 그 말이 처녀다방 간판보다 더 부끄럽게 느껴지는 건 나만 그런가? 괜찮다고 말씀드려도 그럴 거 없다며, 뜨끈한 방에서 쉬는 게 제일이라고, 다른 분들과 국수 먹고 오신다고 방 안에서 기다리라고 하셨다.

내가 거절 할 수 있는 건 아무것도 없다. 그렇게 낯선 방에서 한 시간 동안 핸드폰을 보고, 방안에 붙어 있는 초상화와 회색으로 물들인 두꺼운 광목에 남편이 쓰신 박목월의 시를 읽고 있는데 뭔가 참 따뜻한 느낌이 들었다. 뜨끈한 아랫목에 다락으로 이어지는 문이 있었고 문 앞에 발 디딜 틈 없이 옷가지들이 널려 있었다. 할머니는 방을 안 치웠지만 그래도 연탄 보일러라 따뜻하니까 내 집이라 생각하고 맘대로 눕든지 앉든지 하라고 하셨다. 엉덩이가 가렵도록 따끈한 방 안에 낯선 건 내 마음뿐, 이곳을 다녀간 많은 사람들은 아무렇지 않게 눕거나 기대며 이 공간에서 잠시나마 어린 시절처럼 근심 없이 잠이 들었는지도 모른다. 생각해보면 내가 위태롭게 걷던 파키스탄의 어느 시골 마을이나, 남인도의 좁은 강가 초가집 마을에서도 이런 초대는 있었다. 그리고 낯선 길 어디에나 이보다 살가운 인사를 나누는 손길들이 흔하게 나타났다. 하지만 여행 아닌 곳에서의 환대는 이곳이 처음으로 기억된다.

혼자 방 안에 앉아 빛바랜 가게 유리창 너머로 희미하게 보이는 도로에는 차 한 대 다니지 않았다. 처녀 다방에는 예상대로 늙은 남자들과 나이를 가늠할 수 없는 남자들만 드문드문 출현했다. 머리가 다 말려가는 동안 몇 번이고 들락거렸다. 어찌 보면 참으로 외로운 시절, 따뜻함을 기억해 낼 방법조차 모르는 시절이다. 우리는 서로의 간격이 너무나 넓어져 더 이상 외로워할 이유조차 없는 시간을 떠도는 중이다. 외설스럽지도 않고 천박하지도 않은 거리에 홀로 부끄러운 이름을 단 간판은 지금 내 모습처럼 비현실적이다.

할머니는 호탕하게 큰 기침을 하며 들어섰다. "많이 기다렸제? 이웃이니까 그래도 팔아줘야지. 요즘은 손님이 통 없어서 가끔 팔아줘야 내 맘이 편하지." 할머니는 참 다정하시다. 어색할 틈도 없이 틈을 막아주는 말들로 35년 이 자리에서 머리를 만졌다. 좋았다. 모든 것이. 말과 행동과 눈빛과 마음과 관심, 모두가.

세 치매 노모를 모시고 온 아들은 어머니 머리를 정리하고 계산을 하면서 농장에서 키운 오이고추를 한 자루 놓고 가셨다. 디자이너 할머니는 고추를 봉지에 담으시며 "이거 집에 가져가서 반찬 해." 하고 명령하셨다. 우리는 이제 명령해도 될 사이이다. 내 머리를 속속들이 다 들여다보시고 생각도 뒤적이며 돌돌 말아주신 분이니 그래도 된다. 두말없이 "네." 하고 대답했다. "근데 저……, 귀에 중화제가 들어간 거 같아요"라고 말씀드렸더니 "야, 인체 구조상 뭐든 들어가면 나오게 돼 있어." 단호하게 말씀하시고는 "당근도 하나 넣어 줄 테니 먹어 봐." 하셨다. 아! 이런 식의 대화, 군대 이후로는 처음 같아. 얼마 안 있어 뭔가 코피처럼 진득한 것이 슬그머니 흘러 나와 귓가의 수건으로 스며들었다. 들어가고 나오는 일, 이 모든 것이 자연스럽게 느껴졌다. 까탈 부릴 것 없고 따질 것 없는 낡은 마을의 선명한 햇볕이 창을 두드리고 간다. 다시는 못 올 시간이 야채를 담은 검은 봉지처럼 펄럭펄럭 휘날린다.

드디어 빠마

"이제 풀자!" 옆집 할머니가 보조를 하셨다. "할머니, 보조를 열심히 하시니 제가 팁 좀 드려야겠네요." 했더니 어금니가 보이도록 웃으시며 괜찮다고 하셨다. 할 일이 없어 부르지도 않아도 여기 놀러 와서 사람 구경하는 재미라고 하셨다.

아, 그리고, 그래서 두 분 손놀림에 머리는 거의 다 풀려 가는데, 낡은 거울 속에 낯선 남자처럼 생긴 어머니가 계셨다.

아, 어머니. 나는 어머니를 닮았구나! 다시 한 번 생각했다. 그래 아버지 쪽은 아니었던 걸로 기억한다. 촉촉하고 빠글빠글. 아니다, 축축하고 뽀글뽀글.

"아! 할머니, 왜 이렇게 빠글거려요?" 했더니 감고 말리면 괜찮다고 하셨다. 나는 확실히 빠마의 메커니즘을 이해하지 못하고 있었다. 거울 속에 나란히 앉아 계신 팬들의 환호가 터져 나왔다. 거울 속 군데군데 녹슨 듯 검은 얼룩 같은 꽃을 머리에 달고, 영혼이 나간 눈웃음을 지으며 평소보다 입술을 조금 더 내밀고 서 있는 사내는 내가 아닌 듯했다. "역시 젊어서 그런가? 빠마가 아주 잘 나왔네." 하시며 할머니 세 분이 나의 젊음을 엄청나게 부러워하셨다. "저 나이 때는 뭘 해도 다 예뻐." 거짓말이 아니다. 중화제 들어갔다가 나온 왼쪽 귀로 분명히 들었다. 나에게 하신 말이 맞다. 정말로. 참 여러 가지 마음이 들고 기분이 오르락내리락 했는데 떨어지거나 바닥나진 않았다.

머리 다 풀고 부엌으로 끌려가서 샴푸를 받았다. 할머니의 당당한 음성에는 설거지가 덜 끝난 싱크대에 얌전히 코 박고 엎드리게 하는 마성의 힘이 있었다. "샴푸 칠 해줄까?" 하시기에 "당연히 해야 하는 거 아니에요?" 대답했더니 "아이다. 우리 손님들은 빠마하고 바로 샴푸 하면 오래 안 간다고 그냥 물로만 헹궈 달래서." 속으로 '아, 다행이다' 하며, "그럼 샴푸로

감아주세요"했다.

샴푸가 얼마 안 남아서 샴푸통에 물을 조금 넣고 흔든 다음 머리통에 푹푹, 애기 똥 싸는 소리를 내며 짜는데 정말 걱정이 좀 많이 되었다. 얼마 안 나는 거품을 따뜻한 물로 문지르며 할머니는 이러신다. "걱정하지 마라. 내가 한 빠마는 절대로 잘 안 풀린다. 이 동네 여자들 내가 다 한다. 염색한 할매 있제? 저 할매는 내일 서울로 눈 검사 받으러 간다고 염색했다 아이가, 이 동네 남자들도 총각처럼 멋있게 빠마 좀 하고 다니면 좋을 낀데." 이렇게 말씀하시는 중에도 가장 깊이 남는 말은 절대로 잘 안 풀린다는 말. 샴푸 서비스까지 받고 거울 앞에 앉으니 정말 끝이 났다. 모든 것이 끝이 난 심정이었다. 눈앞이 막막했지만 활짝 웃었다. 세 분의 할머니를 실망하게 하기 싫어서, 비닐봉지 가득 오이고추랑 당근까지 주셨는데, 컴플레인 하면 나는 인간이 아니다, 인간이 아니다 하고 생각하는데, 거울을 보니 정말 인간의 몰골이 아니다. 할머니 세 분이 정말 부러워하시며 빠마 잘 나왔다고 박수를 치신다. 아, 감사합니다! 웃으며 3만 원 드리고 나오는데, "총각 내가 일부러 뒷머리는 더 야무지게 말았어, 그래야 머리통이 예쁘게 보이잖아. 나 서울 가면 매번 파마 하고 와. 나도 남들이 하는 거 보고 배워야지 더 잘할 거 아냐! 이거 서울에서 배운 거야." 하셨다. 그래서 그렇구나. 뒷머리에는 손가락이 잘 안 들어간다.

볼펜을 꽂아도 흘러내리지 않는다. 집으로 돌아오는 길에 창문을 다 열고 달렸다. 봄바람은 참 좋았으나 머리카락은 미동이 없었다.

35년 전통과 경력. 정말 잘하시는 거 맞다. 누가 봐도 나무랄 데 없는 솜씨라는 걸 인정하게 된다. 내가 생긴 게 이래서 그런 거지. 김수현이나 조인성이었으면 저 미용실 박 터지게 장사 잘됐을 텐데. 남 탓하지 말아야지. 그리고 함부로 새로운 걸 시도하지는 말자. 내 몸을 좀 더 소중히 여기고 막 살지는 말자고 생각했다. 다행히 동네 어르신들이 다들 귀엽다고 하신다. 진심으로 괜찮냐고 물으니 정말 그렇다고 하신다. 빠마 아주 잘 나왔네 하신다. 네, 맞아요! 빠마는 아주 잘 말렸어요. 제가, 제 얼굴이 문제예요. 머리통이 원래 큰데 엄청나게 커 보인다. 괜찮다. 애인도 없는데 뭐. 이왕 여기 시골에서 살기로 했으니, 내가 이곳에 익숙해지는 수밖에 없는 일. 남 탓하지 말자. 이제 나도 어린 나이 아니다. 그래도 아! 난 그냥 머리카락이 눈을 찔러서 살짝 머리를 말아 올리려고 한 건데.

하지만 내가 원래 이런 머리를 가지고 이사를 왔다고 생각하면 될 일이다. 여긴 아직 나를 모르는 사람이 더 많고, 사람 만날 일이 거의 없는 곳이다. 덕분에 다음 주 금요일 산행 때는 머리카락 신경 쓰지 않고 열심히 오르막 내리막 들락거리며 어르신께 이 마을의 요상한 일들에 관해 물어봐야 겠다.

그리고 내 빠마를 언제 풀지에 대해서도 상의해 봐야겠다. 그러면 어르신들은 나를 또 어린애 취급하실 터이다. 그러므로 난 한동안 막내처럼 아무것도 모르는 듯 남은 인생을 오늘처럼 새롭게 살 것이고, 새로운 것들과 친구하며 지낼 것이다. 그러다 보면 그 모든 것들이 익숙해질 것이다.

더욱 좋아지는 당신이 있다

"좋은 것을 함께한 사람과 어깨를 나란히 하고 걷던 일. 얼굴을 마주하고 농담을 나누던 사소한 시간마저 그리운 날. 그런 날에는 꼭 만나야 할 사람이 있는 것처럼, 어디론가 가야만 했다. 당분간 나는 나와 함께 걷기로 했다."

오랜만에 새벽길을 나섰다. 표충사로 마음을 정하고 난 이후, 하루를 온전히 그곳에 격리하고자 별들이 막 사라지는 시간에 집을 나섰다. 재약산載藥山 정상으로부터 서서히 벗겨지는 태양의 그림자들. 바람이 먼 곳으로부터 달려와 계곡의 물을 깨우면 비로소 깊은 산중의 하루가 열린다. 나는 숲의 안내를 받으며 여행을 시작한다. 홍제교를 건너 일주문부터 유영하듯 걷는다. 내가 걸을 수 있는 가장 느린 걸음으로 걷다 보면 나무 한 그루 한 그루가 다 보살 같고 부처 같아서, 문득 나무에 기대어 묻고 싶은 게 생긴다. 저기 마지막 나무의 끝, 수충루로 들어서면 종교와 상관없이, 지은 죄와 업의 구분 없이 조금의 용서라도 가능한지. 그렇게 물으려다가 질문 자체가 이미 큰 죄를 짓는 것일 수도 있겠다고 생각했다. 바르게 자라지 못하고 휘어진 저 나무들은 사람들이 던진 고민으로 상처 난 각도가 아닐까 싶어 말없이 처마 끝을 본다. 나무들 사이로 걷는 일은 친한 사람들과 함께 걷는 일처럼 허전함이 적다.

빼곡했던 숲의 끝에서 수충루 1층 문을 지나면 갑자기 다른 세상이 펼쳐진다. 넓은 마당을 향해 병풍처럼 아름다운 산들이 한꺼번에 반기는데, 눈이 환해지고 밝아진다. 산세를 올려다보는 몸도 따라 부양하듯 기분이 좋아진다. 이쯤에서 돌아서도 손해 볼 것 없는 걸음이지만, 그 누구도 여기에서 멈추지는 못할 것이다. 불교와 유교가 공존하는 이 공간은 둘 가운데 누가 둥지를 틀었다고 하더라도 깊은 산중의 빛이 되었으리라 생각된다. 사명대사의 유품이 전시된 유물관 옆 계단 끝에 걸린 사천왕문. 지상의 광활한 대지를 지나 하늘로 이어지듯 열리는 마지막 문이다.

그리고 본격적인 사찰 영역이다. 한 계단 한 계단 오를 때마다 한 층씩 솟아나는 석탑이 소담스러운 기와의 물결 한 가운데 또렷하게 존재감을 드러낸다. 대숲에 바람이 불고 바람보다 낮게 염불 소리가 깔린다. 나는 탑을 돈다. 탑은 누군가의 오래된 염원을 모아 세월이 가며 더욱 견고해졌다. 대광전이 삼층석탑 뒤로 완만하게 높아진 곳에 우두커니 팔을 벌리고 서 있다. 표충사의 가장 높은 곳. 어쩌면 이곳으로부터 세상이 맑아지고 있다는 생각이 들었다.

대광전 앞에서 더 이상 혼자가 아니라고 느낀다. 이 경건함은 저절로 생겨나는 것이 아니라 나를 감싸는 좋은 기운으로부터 발현된 것이다. 좋은 꿈처럼 부드럽게 시선이 닿는 곳의 대광전은 또 하나의 거대한 산처럼, 현자의 뒷모습처럼 말없이 서서 세상을 밝히고 쓰다듬고 어루만지고 있다. 나는 그 앞에서 내가 알아야 할 것들, 만나야 할 것들이 내 앞에 비로소 나타나 그것들을 반기는 자세로 오래도록 서 있다. 여기가 표충사의 안방이자 속세의 번민을 풀어 놓는 아랫목이다. 사람들은 석탑 위에, 대광전 안에, 대숲 사이에 무언가를 내려놓기 위해 다녀가는 게 아닐까? 여행을 통해 결국 내려놓을 수 있는 것이 있다면 마음의 무게 아니겠나. 이 풍경 속을 걷다 보면 가능한 일이라 생각된다.

영남알프스의 장엄한 산들로부터 이어진 재약산에 안긴 표충사는 치유의 장소다. 내겐 그렇다. 이름에서 알 수 있듯, 재약산이 아우르는 공간의 모든 것은 싱그럽고 신선하다. 그래서 예로부터 약이 되는 산이라 하지 않았을까. 간혹 허약한 몸을 산에 깃들였다가 나아지는 일이 있다고 하는데, 이곳에 들어서는 것만으로 이유 없이 기분이 좋아지는 것을 보니 나 혼자만의 생각은 아닐 거라 믿는다.

천년고찰 표충사의 이름은 세 번이나 바뀌었다. 신라 무열왕 원년(654) 원효대사가 창건할 당시 죽림사竹林寺였다가, 흥덕왕 때는 영정사靈井寺, 조선 후기에 지금의 이름표를 다시 달게 되었다. 세 번이나 이름이 바뀌고도 달라지지 않은 것이 있다면 흔들리지 않는 마음일 것이다. 세월에게 얻는 잦은 고통에 우리는 흔들린 적은 있었지만 쓰러진 적은 없었다. 간혹 쓰러졌지만 절대로 꺾인 적 없이 오늘에 무사히 닿았으니, 진심이 있다면 앞으로도 그럴 수 있을 것이다. 다만, 우두커니 말없이 서 있는 저 석탑처럼, 내가 나를 믿고 그것으로 누군가에게 다시 믿음이 되어야 할 것인데, 그러기 위해서는 자신의 현재에 정성을 들여야 할 일이다.

고풍스러운 대광전을 가장 편안하게 마주할 수 있는 곳은 우화루다. 바람의 창이자 모든 계절의 무대가 되는 곳. 넓은 기와를 받치고 있는 기둥들 사이로 계곡 건너편의 풍경이 그대로 담겨 있다. 용마루 끝으로 짤랑이는 풍경. 누군가 하늘에 투명한 구슬을 던져 바람의 파문을 일으키는 것처럼 맑은 소리가 들리는 오후. 이 고요의 파문은 우리가 생활에서 발견할 수 없는 귀한 평화다. 바람의 속성은 형체를 드러내지 않고도 영향력을 과시하는 데 있는 것처럼 세상에는 보이지 않는 아름다운 것들이 도처에 집을 짓고 있다. 결국 이는 느낄 수 있는 자만이 누릴 수 있는 즐거움이다. 그런데 갑자기 이런 고요함이 찾아오면 낯선데, 낯설다는 것은 본디 내게 없던 것이라, 이곳까지 오지 않았다면 느낄 수 없는 것들이기도 하다. 석등처럼 우두커니 앉아 조용히 눈을 감고 내 안의 나를 들여다보면, 갑자기 철든 사람처럼 지금의 나도 참 괜찮다고 생각할지도 모르겠다.

어느새 담벼락에 흔들리는 그림자가 길어졌다. 풍경 소리가 짤랑인다. 오늘은 홀로 산속에 있었지만 마음속 가장 행복한 대상과 함께 걸은 시간이기도 했다.

당신도 여기에 온다면 좋겠다. 여기서 나처럼 좋아지면 좋겠다. 우리 사이, 서로의 비어 있는 간격을 채울 수 있는 가장 좋은 방법이 있다면, 그건 서로를 더 많이 기억하고, 서로의 일을 더 많이 추억하는 것이 아닐까. 그러기에 가장 적합한 곳, 여기 표충사. 혼자라도 괜찮으니, 홀로 걷다가 우연히 만나는 그대 안의 그대와 동행하는 것도 좋은 일이니. 와 보시라. 여기는 스스로 깊어지기 좋은 곳. 내 마음의 약이 되는 곳. 영남알프스의 가장 양명한 곳, 표충사 언저리에 더욱 좋아지는 당신이 있다.

그대가 놓고 간 말들

"내가 당신에게 했던 허세와 용기의 말들은 지금 다 어디로 사라졌을까. 당신에게 들려주고 싶은 길 위의 일들이 내겐 아직 많다."

발을 어루만지면 굳은살보다 그대가 놓고 간 말 한마디가 더 아프다. "네가 돌아왔을 때 발톱을 깎아줄게. 나 없이 걸었던 길 위의 일들을 말해줘."

그러겠노라고 다짐하며 떠났던 길. 그 길의 끝에서 돌아온 자리에 그대는 없었다.

우리는 수많은 약속의 말을 남기고 떠나지만, 그것은 허공에 그림을 그리는 일과 같지 않을까. 돌아갈 것을, 돌아올 것을 진심으로 믿는다고 하지만, 그건 오직 그 시간에만 유효한 일. 눈 깜빡하면 사라져 버리는 일. 차라리 돌아서서 뜨겁게 안아주는 것이 더 낫지 않을까? 생각날 때마다 서로의 이름을 부른다면 더 좋지 않을까? 뒤늦은 후회와 반성에 아픈 마음은 더욱 아파진다. 오래전 그대의 달콤했던 말이 지금은 쓰리기만 하다.

지키지 못할 허무한 맹세임을 알아도, 용기와 열정, 허세로 가득한 그 말들을 가슴속에 새기는 것만으로도 힘이 될 때가 있었다. 젊다는 것은 무엇이든 믿어보고 작은 지푸라기로도 거대한 성을 지을 용기가 있다는 것 아니겠나. 지금은 내 곁에 당신이 없는 것이 아니라, 그때 내가 가지고 있었던 용기가 사라진 것일지도 모른다. 그대와 내가 나누었던 그 맹세들은 상처 난 발처럼, 아프고 나면 굳은살처럼 단단해질 것 같았지. 아름다워라. 허무한 맹세들. 서로의 어깨를 위로하던 밤과 허망한 용기에도 찬란하던 새벽. 모든 것이 효능이 되고 효과를 보던 시절이여. 가진 것 없었지만 마음은 따뜻해서, 그것만으로도 내가 될 수 있었던 날.

나는 아직 길 위에 있다. 그대에게 들려줄 이야기를 만들어야 하기 때문이다. 세상에는 용기만으로 충분히 아름다운 삶이 있다. 그 삶이란 너로부터 비롯된 것을 잊지 않고 너에게로 걸어가는 일이다. 너의 곁으로 조금씩 가까워지는 일이다.

멀리 가는 사람이야 알아서 잘 살겠지

"외롭다. 우리는 어디서나 외롭다.

인생은 외로움이 디폴트다."

상추밭에서 풀을 뽑다가 흙 묻은 손으로 전화를 받았다. 오래된 친구였다. 미국에서 살게 되어 경황없이 떠난다고 인사를 했다. 홀로 지내는 이곳에서의 생활이 외롭지 않은지 물었다. 외롭지 않은 상태가 뭔지 잘 몰라서 아직은 괜찮은 것 같다고 했다. 그 말 때문에 갑자기 조금 더 외로워진 것 같다고 했는데, 그 말은 진심이었다. 외롭지 않게 건강하게 잘 지내라는 그의 인사에, 살아 있는 동안 우리는 어디서나 다 외로울 것이라고 화답했다. 그건 못된 마음이었을까. 나는 외롭지 않고서 어떻게 건강할 수 있을까 하고 생각하며 상추밭 모퉁이를 헤집었다.

멀리 가는 사람이야 알아서 잘 살겠지. 세상의 모든 격리와 분리는 외로운 것이라 여기며 모질게 풀을 뽑았다. 저녁이 오려면 아직도 멀었고 더 이상 처벌할 풀 한 포기 남지 않은 오후. 내가 여기서 아무렇지 않게 살아내는 것처럼, 너도 나 없는 곳에서 잘 살겠지. 외로움은 멀어진 거리에서 시작되는 것이 아니다. 멀어지려고 애쓰는 순간부터 외로움은 시작된다. 그래서 우리는 모두가 외롭고, 날마다 외롭다. 절망과 궁핍과 소외와 분리로부터 분리되지 않으려 애쓸 때, 그 순간부터 이미 외롭다. 너와 내가 분리되지 않았더라면 우리는 덜 외로웠을까?

2장

여름

소나기 속
착한 마음이 되어

사는 데까지 잘 먹고 잘 살려고

"일일부작일일불식 一日不作一日不食.

하루 일하지 않으면 그날은 먹지 말라 하였거늘.

이 말을 나는 실천할 수 없다.

성과를 내지 못했으니 먹지 않겠다고 마음먹는 것 자체가 내겐 큰일이니,

아무런 죄책감 없이 배를 두들기는 나와는 상관없는 문장이다."

먹는다는 것은 산다는 것인데, 먹는 것도 습관처럼 생각될 때가 있다. 이곳에선 시간이 공기처럼 많다 보니 먹는 일이 언제나 우선이다. 만들다 보면 시간이 절로 가고 먹고 치우다 보면 하루가 알차게 흘러간다. 시간을 죽이려 먹는 건 아니지만 먹다 보면 시간이 제일 잘 간다는 것이다. 먹어서 살아 있음을 느끼는 것보다, 살아야 하니까 먹는다고 하겠지만 이왕이면 잘, 잘하려고 한다. 내가 먹는 거니까 더욱더.

전에 없던 삶의 애착인가? 봄에 이곳에 내려와서 제일 먼저 한 일이 텃밭에 씨를 뿌리고 모종을 키우는 일이다. 인터넷에서 구입한 씨앗과 이웃집에서 받은 모종으로 텃밭을 꾸렸다. 상추, 고추, 가지, 깻잎, 비트, 루콜라, 바질 그리고 뒤뜰에서 저절로 피어난 머위나물과 취나물. 이웃에게 받은 각종 야채가 넘쳐나 자연스럽게 초식인이 되어가지만, 날마다 뭘 먹을까 하고 궁리하다 보면 완전한 초식으로만은 살 수 없다. 쑥을 뜯어 찹쌀떡을 하고 뒤뜰에 난 죽순을 넣어 라면을 끓이고, 얻어 온 표고버섯을 오븐에 굽거나 된장국을 끓여서 먹는다. 바게트를 구워서 각종 야채를 오일에 버무려 치즈를 올려놓고 커피와 함께 아침을 해결하는 날도 많다.

날마다 비슷하지만 매번 다르다. 재료가 다르고 방식이 다르기 때문인데, 다행히 내가 맛있게 먹을 수 있다. 여기엔 가게가 없으니 시켜 먹을 수도 없고, 혼자라 한꺼번에 시장을 많이 볼 수도 없다. 그래서 집에서 피자도 만든다. 호떡믹스 가루를 사다가 반죽을 해 장작불에 굽기도 하고 오븐에 구워서 토핑을 한다. 때로는 냉동 피자 위에 여기서 기른 신선한 야채를 올려놓고 먹기도 한다. 파스타와 국수를 만들고 나물을 넣고 밥을 짓는다. 짓고 만드는 동안 내가 완성되어 가는 기분이 들 때가 있는데, 그것이 그날 가장 큰 수확이고 또 만족이다.

나는 이렇게 만들어지고 있다. 예전처럼 먹어야 하니까 만드는 것이 아니라, 먹고 싶어서 만든다. 그리고 그 시간이 점점 늘어난다. 나는 나를 책임져야 하기 때문에, 하루하루 정성인 삶을 살 수밖에 없다. 피곤하고 쉽지 않은 일이지만. 아무쪼록 나는 여기서 사는 데까지 잘 먹고 잘 살아 볼 작정이다.

그대의 자리에서 그대가 가장 빛날 때

"모르는 게 많다. 서툴다. 그래서 더 게을러지려고 한다. 날마다 하루뿐인 삶, 조금 게을러진다고 해서 뭐라고 할 일은 아니지 않나."

봄이 이곳에 올 때 나도 같이 왔다. 봄이 다 지나가고 여름이 오는데도 나는 여전히 이곳에 주저앉아 꿈쩍하지 않는다. 좋은 말로는 평온하게 산다고 하지만, 사실은 게으름과 사귀는 중이다. 내가 원래 게으른 사람이 아니라서, 가만히 있으면 좀처럼 평온을 유지하기 힘든 타입인데, 요즘은 정원을 바라보는 일만으로도 시간은 소나기처럼 급하게 흐른다.

게으른 사람이 평온을 더 잘 유지할 수 있다는 건 아니지만, 지금까지 나의 생활 패턴을 보아서는 조금 더 게을러져야 온전한 평온을 누릴 수 있을 것 같다. 그래서 나는 점점 더 느려지려고 한다. 시골에서 게으르면 거지꼴을 면하기 힘들다는 조언을 반지처럼 끼고 다니지만 아직은 모르는 게 너무 많아서, 서툴러서, 이해하지 못해서 게을러 보이는 때가 많은 것일지도 모른다.

생활 패턴을 바꾸면 마음의 평온이 어긋나고, 그것을 다스리는 데 힘이 드는데 여기에서는 이상하게도 여유롭다. 아무런 경제활동을 하지 않고 그저 먹고 듣고 읽는다. 누구를 만나기도 쉽지 않지만 그럴 마음도 없어서, 당분간은 내 보금자리 안에 들어 있는 나만 생각하기로 한다. 태어나 지금까지 오로지 내게만 집중하고 나만을 위해 살았던 적이 있었던가. 여행에서는 가능했겠지만 여행과 생활은 또 다른 차이가 있다.

지금의 평화는 타인이 내게 위로가 되는 건 예전에 끝났다는 모진 마음 끝에 겨우 찾은 것이다. 물론 이곳으로 유배된 나를 걱정하는 친구들과 후배들의 마음을 생각하지 않는 건 아니다. 하지만 이 계절엔 나만 생각하면서, 내 모든 것을 이곳에 꺼내놓고 자세히 들여다보려고 한다. 자세히 들여다보며 상처 난 부분을 어루만지기도 하면서, 지금까지 보지 못했던 부분은 더 자세히 보면서 살아가려고 한다. 오직 그것으로 살아가는 즐거운 나날을 원하기 때문에 아직은 누군가를 기다리고 약속하고 마음을 합치고 나누고 하는 일은 하지 않으려고 한다.

아무쪼록 좋은 계절이다. 이 좋은 계절과 아름다운 시절은 인생에 단 하루뿐이다.

그러니

그대도

그대가 앉은 자리를 잘 쓸고 닦으며 보살피시라.

아무것도 없는 이 시골 산중보다, 그대가 앉은 그 자리는 사랑하는 사람과 함께하는 자리니 이곳보다 낫지 않겠나.

그대가 그대의 자리에서 가장 빛이 날 때

그때 이곳에 오시라

나를 봐도 아무렇지 않고 내가 그대를 봐도 아무렇지 않을 때 그때

처음처럼.

장마는 너와 나의 먼 여행 같아서

"비 오는 밤, 빗소리라는 열차에 올라타고,

멀리 여행을 간다. 혼자 가는 은밀한 밤이다."

자고 싶지 않은 밤.

이런 풍경들을 두고 눈을 감는다는 것은

더 이상 사랑하고 싶지 않다는 것.

책임도 없고 의무도 없는 삶에서

유일하게 보살피고 싶은 시간.

방치할 수 없을 만큼 커다랗게 비가 온다.

구구절절 내리는

모든 말을 이해할 수 있을 것 같아

일부러라도 상처를 만들어 마주하고 싶은 밤.

더 이상
사랑할 수 없다는 말을 받은 것은
다행히도 비가 오는 밤이었을 것이다.
용서와 구원이 한 몸처럼 쏟아지는
비 오는 밤이다.
절대로 올 수 없는 모든 것들이 쏟아지는 밤이다.

비 오는 밤이다. 모두가 잠든 작은 마을 위로 쉼 없이 비는 쏟아지는데, 검푸른 허공에서 내리꽂히는 빗줄기는 어둠을 빗금치는 별빛의 잔해처럼 평화롭다. 마치 이 마을의 유일한 생존자처럼 잠 못 이루며 삶을 증명하고 있다. 나뭇잎 위로 떨어지는 빗소리는 승차권과 함께 돌려받은 동전의 잘그락거리는 소리처럼 경쾌하다. 이 밤은 열차 맨 뒤 칸처럼 호젓하고 아득하다. 나는 빗소리를 타고 멀리 간다.

도시에 살 때 비가 살가운 친구였다면, 이곳에 내리는 비는 살을 나눈 애인 같다. 불빛 없는 은밀한 밤, 풀벌레는 비를 맞으면서도 음악을 연주한다. 간혹, 밤을 품던 이웃집 닭들이 시간을 망각하고 우는 일은 여전히 낯설지만, 그럴 때마다 시간은 더욱더 깊이 파고든다. 빗소리는 귓속말 같기도 하고 아우성처럼 들릴 때도 있다. 빗소리의 리듬을 따라가다 보면, 먼

옛날로 가 너의 빈손을 잡을 때도 있다.

빗소리를 들으며 그대와 한 번도 떠나지 못한 곳을 홀로 돌아다닌다. 푸른 밤하늘이 떠 있는 낯선 국경. 국경을 넘어 국경으로 가던 시절. 여전히 홀로였던 그 밤들. 세월이 흘러 아픔과 슬픔, 기쁨과 행복이 굳은살이 되어 이제는 아무렇지도 않다. 우리는 이제 조금 더 자유로운 여행을 할 수 있다.

비 오는 밤 너도 잠들지 못한다는 것을 알고 있다. 너도 나처럼 몇 개의 국경을 넘고 몇 개의 대륙을 지나며 비 오는 밤을 거쳐 갈 것이다. 밤 없는 밤으로 새울 것이다. 오늘 알았다. 우리는 언제나 홀로 여행하고 있었다는 것을.

인연이라고 생각되는 감정들

너무나 달랐다가

너무도 닮았다

살아 있는 동안, 살아가는 동안 그럴 것이다.

인연이란 그런 것이다.

그러니 그대여

마음 없이 쌓지 말고

함부로 무너뜨리지 말라

모든 것을

멈추고서라도

가장 먼저 나서는 일이 인연이다.

확실하지는 않고

너를 보는 감정이 그렇다는 것이다.

주전자 가득 찻물을 올린다는 것

"주전자처럼 착한 마음으로,

차가운 공간을 수증기로 데우며 살고 싶다는 생각을 한다."

이국의 하늘에 별들이 내려앉는 밤. 저 먼 국경으로부터 걸어 온 하루는 피곤을 모르고 반짝인다. 모두가 잠든 시간, 창가에 달이 걸리고 별들은 더욱 빛나서 아름다운 것만 남았다. 빈 마음으로 걷다가 돌아온 밤엔 창밖의 나무들처럼 몸이 떨렸다. 그럴 때마다 텅 빈 방 안은 나의 안식처가 될 수 없음을 깨닫곤 했다.

사람들 사이로 걷다가 사람들이 떠난 자리에 앉아, 두고 온 사람들을 생각하는 일, 여행은 그것으로 충분하다고 여기며 주전자에 물을 올린다. 방 안을 가득 채우는 수증기. 갑자기 누군가의 노크 소리가 몸과 마음을 일깨운다. 젊고 씩씩한 여행자가 달을 가리키고 있다.

우리는 베란다에 나란히 앉아 오래도록 밤을 지켰다. 우리 사이에 놓인 찻잔은 가진 것 없는 여행자들의 언어다. 말을 나눌 방법이 없지만 차 한 잔을 핑계 삼아 며칠 동안 달의 크기가 바뀌는 것을 지켜볼 수 있다. 여행자는 그럴 수 있다. 위로의 언어는 없었지만 서로에게 위로였던 시간. 준 것은 없지만 받은 것이 많은 이유는 같은 처지일 때만 가능한 일이라는 것을 알았다.

그날 이후 찻주전자의 수증기가 끓어오르면 나는 또 착한 마음이 되어 사람들을 초대했다. 늘 홀로 떠났지만, 티타임을 핑계로 말없이도 훈훈한 시간을 나누었다. 짙은 갈색의 주전자는 나와 함께 몇 개의 국경을 넘었다. 가진 게 없어도 넉넉히 나누던 여행자의 시간들 그리고 마음들. 주전자 가득 찻물을 올린다는 것은 누군가와 함께하겠다는 마음이다. 이 산골짜기에도 그날과 같은 주전자가 있어 손님이 찾아오면 가장 먼저 인사한다.

감나무의 기척

"감이 내게 말을 걸어왔다.

온기와 기척으로 빈집을 채우고 내 삶을 꾸미라고 말했다."

비가 그친 오후, 들창 너머로 빗방울 부딪히는 소리도 아니고 노크 소리도 아닌 낯선 소리가 불특정한 간격으로 들려왔다. 책상에 앉아서도 만져질 것 같은 기왓장 흙담 너머, 옆집에서 건너오는 소리였다.

내 집 좁은 서재의 작은 창은 바깥의 변화를 소상하게 알려주는 비밀통로 같다. 그 풍경을 가만히 보고 있으면, 그림 액자를 보는 것 같아서 한없이 마음이 좋아진다. 담 너머 공간엔 반듯한 수돗가가 있고 그 곁으로 장독들이 놓여 있는데, 그

위로 솟은 감나무가 하늘을 부여잡고 있다. 꼭 초등학생이 그린 그림처럼 서툰 풍경이지만 나는 이 풍경이 너무나 좋다.

서재에서 보는 하늘은 의자에 앉아야만 볼 수 있는 앉은뱅이 하늘이다. 작은 창을 통해 보이는 것 중 대부분은 먼저 살다 간 사람들이 저축하듯 모아온 풍경이다. 나는 이 풍경을 내 집 소유인 듯 바라보는데, 사실은 빈집의 풍경이다. 작년에 할머니께서 돌아가신 후 할아버지는 요양원으로 들어가시고, 가끔 자식들이 드물게 드나들며 인기척을 하곤 한다.

그런데 오늘 오후, 담장 안에서 인기척이 들린 것이다. 처음엔 누군가 담벼락 곁에 쪼그리고 앉아 일하다가 자꾸만 물건을 놓치고 있는 게 아닐까 하는 생각을 했다. 툭 하는 소리가 간헐적으로 났다가, 갑자기 맑은 하늘에 소나기가 쏟아지듯 후두둑하는 소리가 나기도 했다. 알고 보니 그건 감이 떨어지는 소리였다. 이끼 낀 담장 너머를 오래도록 응시하다가 초록의 빗금이 낙하하는 것을 보았다. 감이었다. 다 여물지 못하고 떨어져 내리는 작은 감들이 태어나 처음으로 추락하며 마지막 인기척을 한 것이었다.

반질반질하게 윤을 내며 떨어지는 소리는 언뜻 흩어진 자식들이 돌아와 부모의 빈 시간을 노크하는 것처럼 들린다. 항아리에 덮인 스테인리스 양푼 위로 할머니의 지난 시간이 툭 하며 살아나고, 이가 빠진 플라스틱 소쿠리 위로 픽 하며 쓰러지듯, 감은 떨어져 빈집에 인기척을 만들고 있었다. 마치 주인이 잠시 집을 비운 듯, 과거에도 그랬던 것들이 여전히 여기 있는 시간. 사람만 없고 모든 것은 그대로다. 할머니의 정성을 거름 삼아 빼곡하게 달린 감들이 올해는 주인의 부재를 틈타 더욱 맹렬하게 떨어지고 있다.

이 마을에는 드문드문 빈집이 있는데, 사람이 살지 않는 그 집들은 계절의 간섭으로 살아간다. 인적 없는 뜰에도 꽃은 피고, 빛바랜 고지서들이 꽂힌 낡은 우편함에는 새들이 걸터앉아 계절의 소식을 전한다. 간혹 이끼를 덮어쓰거나 이름 모를 풀들의 점령으로 쓸쓸해진 담벼락마저도 아름다운 빈집. 한때 누군가의 삶이었으며 따뜻한 보금자리였던 곳들이 지금은 텅 빈 채로 과거를 지키고 있다. 살아 있는 동안 그토록 채우려고 안간힘을 쓰던 시간들이 먼지를 덮어쓰고 거미줄에 걸려 있다.

가능하다면 이런 집들에 머물고 싶어진다. 내가 아니더라도 좋은 사람들에게 소개해 이웃으로 살고 싶어진다. 떠난 사람이 남긴 희미한 온기에 새로운 시간을 보태어 살 수 있다면 얼마나 좋을까? 비어 있는 집들을 자세히 들여다보면 빈 채로 시간만 앓으며 흉흉하게 서 있는 게 아니라, 오래된 시간의 잔상들이 남아 대체할 수 없는 특별함으로 보일 때가 있다. 열심

히 드나든 흔적이 고스란히 남은 문지방과 부지런히 쓸고 닦은 툇마루, 창호지에 말라붙은 단풍잎과 멈춰버린 낡은 두꺼비집. 이 모든 것이 몽당연필 힘주어 깨알처럼 써 내려간 낡은 일기장 같다.

내 집 마당의 감나무도 소리를 내기 시작했다. 장마를 지낸 어린 감들이 단단하게 여물지 못하고 힘없이 떨어져 내리는 동안, 경험해보지 못한 이 계절들을 쓸고 닦으며 안팎을 가꿔 나가야 할 것이다. 먼저 살다 간 사람의 계획을 상상해보고, 내가 발견해 낸 방법으로 이로워진 삶을 자랑스러워하며 살고 싶다. 나의 온기로 이 집이 나중에라도 쓸쓸해지지 않도록, 나를 닮은 집으로 인사받을 수 있도록 만들어야지. 그렇게 만들어가는 시간이 값지고 사랑스럽지 않을까.

기다리는 마음은 잡초처럼 무성하고

"하루를 살았고 또 한 번의 마음을 접었다.

접은 마음은 다시 펼치지 않을 것이다.

산다는 건 하나씩 포기하는 일이니까."

여름새들이 집을 찾아 날아간 허공이 오늘따라 유난히 크다. 매일매일 있던 자리에 있던 것들이 어느날 훌쩍 사라지면 그 빈자리가 유난히 크게 느껴진다. 이곳에서는 더욱 그렇다.

오늘은 마을 어르신들에게 얼굴도 못 비추었다. 어젯밤의 안부와 오늘 아침의 공기에 대해 묻고 싶었지만, 하는 일 없이 하루가 빠르게 가버린 것이어서 내 게으름을 자책하는 수밖에 없다. 오늘따라 노을은 왜 이렇게 붉은 것인지.

새가 떠나간 자리를 노을이 채운다. 나는 자꾸만 대문 앞 먼 산을 본다. 잃어버린 것도 없는데 발밑을 보고, 찾을 것도 없는데 하늘을 본다. 오지 않을 것들을 기다리는 마음이 잡초처럼 무성하다.

내가 바라보는 곳이 도시 쪽인가? 먼 국경의 하늘인가? 잘 지내다가도 이렇게 불현듯 마음의 길을 잃기도 한다. 도시를 떠나와 보내는 단절된 시간이 아직도 어색하다. 이야기를 할 누군가도 없다. 몸도 마음도 첩첩산중 한가운데에 있다. 이럴 때는 모르는 척해야 한다. 내가 나를 모르는 척하는 수밖에 없다. 유일한 위로가 외면이라는 것이 안타깝지만, 그럴 때도 있어야 한다.

이제 씨를 뿌린 단계다. 아직 싹이 나지도 않았는데, 열매를 기대할 수는 없는 일 아니겠는가. 겨우 여름이 지나고 있다. 아직 이곳의 가을도 겨울도 모른다. 이것 말고도 모르는 것이 더 많아서 모르는 것만 모아 놓아도 저녁 하늘보다 넓고 높다.

이국의 국경을 넘어 무사히 안착하고, 그곳의 좋은 것들을 양식으로 삼았을 때가 있었다. 이곳에도 좋은 것들이 많이 있을 것이다. 왁자한 식당의 좋은 자리, 그 자리에서 나를 칭찬하던 언어들, 시간 봐서 너를 만나러 갈게 같은 기약 없는 약속들 같은 것들이 이곳에도 있을 것이다.

노을이 가자 배신처럼 비가 온다. 오늘은 내게 아무것도 오지 않았지만, 반드시 올 것들은 온다는 약속을 하지 않아도 온다는 것을 안다. 내일 나는 아무렇지도 않게 윗집 연못을 구경할 것이고, 화단의 꽃들에게 안부를 물을 것이다. 제일 좋았던 일을 일기장 사이에 끼워 눌러두고 내년 이맘때쯤 슬며시 펼쳐볼 것이다.

황새골 저수지에서 든 생각

"당신도 날마다 집이 아닌 또 하나의 안식처를 몰래 다녀가는 것처럼. 그래야 겨우 잠들 수 있는 것처럼. 내 마음 속에도 그런 한 곳이 있다."

저수지 제방 길은 내가 가져다 놓은 세상의 모든 이야기가 들꽃으로 핀 것처럼, 사소하고 자잘한 모양으로 군락을 이뤘다. 여기는 내가 고해성사를 하는 곳으로 세상에 발설하지 말아야 할 마음까지 꺼낼 수가 있다. 사람이 없기 때문에 사람들을 생각하기에 오히려 좋은 곳이다.

처음엔 이 저수지의 존재를 알지 못했는데, 계곡 사이로 아스라이 그어진 초록의 제방 길을 보고 난 후 발견하게 됐다. 이후 이곳은 내가 매일 하는 산책의 꼭짓점이 되었다. 이곳의 이름은 황새골 저수지. 무릉리의 가장 안쪽에 자리한 이곳은 나무에 가려 보이지 않는 길과 무섭지 않을 만큼의 울창한 숲을 가지고 있다. 저수지에 반사된 뒷산과 구름과 꽃들은 너무나 선명해서 자칫 잘못하면 실제 풍경으로 오인해 물속으로 걸어 들어갈 수도 있다. 연못 속에는 신선처럼 헤엄치는 거대한 물고기들이 보이는데, 여유롭기만 한 그들의 자세는 물속을 유영하는 게 아니라 하늘을 헤엄치거나 산속을 걷는 것처럼 보이기도 한다.

황새골 저수지는 아무리 자주 가도 지루하지 않은 곳, 특별하지 않아서 더 귀하게 느껴지는 곳이 되었다. 하지만 이런 곳은 간혹 더 위험한 곳이 되기도 한다. 여행길에서는 더욱 그렇다. 그라나다 대성당 앞 골목길 또는 세비야 대학 미술관 앞, 날마다 정해진 시간에 플라멩코가 펼쳐지던 누에바 광장, 뜨거운 노을이 밀려오던 갠지스 강 강가, 파장 분위기의 모든 시장. 이런 곳에는 함부로 가지 말아야 한다. 그 풍경에 덜컥 발목이 잡혀 오래오래 떠나지 못할지도 모르니까 말이다. 그런 곳에서는 뒤꿈치가 다 닿도록 걸어도 결국 알 수 없는 마음들만 한가득 지고서 낭패한 마음으로 서 있곤 한다. 세상 곳곳에 박혀 있는 나의 안식처처럼 이 곳 역시 그러하다.

사소한 들판의 꽃 한 송이 때문에 여행이 길어지고, 새로 배정받은 방 창가에 드는 햇볕이 너무 좋아서 더 눌러앉아야겠다고 변명을 할 때가 있었다. 이런 풍경을 만날 때마다 여행을 버리고 여행 아닌 채 눌러앉고 싶었다. 예상 가능한 풍경이 날마다 펼쳐지는 그런 골목에서, 간혹 계산할 필요도 없고 의심할 필요도 없이, 처음 본 당신의 마음만 믿으며 살고 싶었던 것처럼 나는 날마다 이곳에 온다. 마을이 훤히 내려다보이는 곳에 서서 사람들의 밥 짓는 연기를 음미하며 하루 분량의 일기를 쓴다.

세상을 원망하지 말 일이다. 사람이 아니라 장소에 홀리는 마음이 뭐가 문제 되겠는가. 특별한 장소는 발견되는 것이 아니라 만들어지는 것이다. 쏟아져 내리는 태양 아래 환하게 드러난 이곳. 밀양의 또 다른 변방의 변방. 은밀 속의 은밀. 여기는 당분간 나의 위험한 안식처가 될 것이다. 나는 오래도록 이곳을 배회할 것이며, 이곳의 풍경처럼 고요히 늙어갈 것이다.

더 가까워지기 위해 더 멀어지기

"人"

사람은 사람과 가까워야 한다. 그러기 위해서는 가끔, 고립이 필요하다. 일정 기간 자발적 고립에 의해 홀로 되어, 떠나거나 멀어져 보시라. 잊었던 사랑마저 세포처럼 재생되어 온전히 사랑으로 그리울 것이다. 사랑하는 사람이 얼마나 소중한지 구체적으로 알게 될 것이다.

사람을 만나지 않는 것만으로도 사람이 더욱 좋아질 수가 있다. 가끔 홀로 나라는 섬에 갇혀 보시길. 보살펴야 할 사람은 오로지 자신뿐이라서 나를 더 잘 알게 될 것이다. 나를 더 알고 난 후 당신을 만나면 나는 당신을 더 잘 알고 더 사랑하게 될 것이다.

우리는 더 가까워지기 위해서 멀어져야 한다. 누군가의 말처럼 타인이 지옥이 되어서는 안 될 일이다. 사람은 사람과 가까워야 사람이다. '人'자 처럼 우리는 기대어 살아야 한다. 그러기 위해 나는 잠시 고립 중이다. 쉬어가는 중이기도 하다. 더욱 충만한 마음으로 당신을 만나기 위해 나는 잠시 새로운 여행을 하고 있다.

배롱나무에 꽃 피고
그 가지에 함박눈 얹히더라도

"함부로 꽃이라 생각하는 쓸쓸한 마음.

석 달 열흘을 앓아도 사라지지 않을 그 마음."

곤란한 마음 잠재우려 올려다본 하늘엔 잠시 낯선 나라에서 봤던 익숙한 풍경이 펼쳐졌다. 괜찮은 징조였다. 붉은 꽃들이 습자지처럼 구겨져 간격도 없이 뭉텅이로 피어난 배롱나무가 하늘을 향해 뿌리를 내린 듯 번져 있었다. 바늘처럼 예리한 더위가 촘촘히 내리꽂힐수록 더욱 화사하게 피는 저 꽃들은 백일 동안 붉다고 해 목백일홍이라고도 불리는데, 한여름 불볕더위를 먹으면서도 아무렇지 않은 듯 산다. 오히려 뜨거우면 뜨거울수록 더 붉어지는 꽃들은 열대과일처럼 풍성하다.

혹서에도 화려함을 잃지 않고 드라마틱하게 성장해나가는 이 꽃을 나는 사랑한다. 마을 중턱 이상석 형님 댁 대문을 지키는 배롱나무는 너무 우아해 나무를 넘어선 값어치를 한다. 나는 그 나무를 좋아하는 것을 넘어 아예 열렬한 팬이 되었다.

그 배롱나무 곁에 서면 저절로 마음이 좋아진다. 물건이든 사람이든 그곳에 존재하는 대로 그렇게 된다. 버릇처럼 그 아래 앉아서 땀을 닦는데 연일 계속되는 더위에 그림자마저 붉다. 새 한 마리가 종이로 접어놓은 것처럼 미동도 없이 붉은 꽃그늘에 숨어 있었는데, 저러다가 나무에 앉은 채로 타 죽을 거 같아 커다랗게 왼팔을 휘적거려 쫓았다. 하늘로 날아간 새의 날갯짓이 유일한 바람이 된 오후. 홀로 점심을 먹으며 받은 전화 한 통이 목구멍 깊숙이 박혀, 오늘은 붉은 꽃그늘마저 마음에 도움이 안 되고 있다.

어느 봄날, 친구를 대동하고 깜짝 선물처럼 나타났다가 홀연히 사라진 K가 전화를 했다. K가 이곳에 온다고 하기에 날씨가 너무 덥다고 했다. 딱히 다른 변명이 생각나지 않아서이기도 하고 갑작스러운 방문 의사에 당황해서이기도 하다. "사람들이 대구를 '대프리카'라고 부르는 이유 알지? 여긴, 대구 바로 아래라 여기가 더 더울 때가 있어. 지금이 그래, 정말이야! 내가 SNS에 대구가 대프리카라면 밀양은 '밀도네시아'라고 써 놨잖아. 너무 더워 환장할 노릇이야. 여름 지나고 보자."
구구절절한 거절이지만 나로서는 비교적 단호하고 어렵게 말한 것이었다. 그리고 정말 더운 건 사실이다. 거절의 방법이 새똥만큼 구차하다는 것을 안다. 그래서 미안함이 크다. 사람 그리운 이곳에 누구라도 온다면, 아무리 무더운 날이라고 해도 수박 쪼개듯 시간을 쪼개가며 씨앗을 뱉듯 자잘하고 사소한 것들을 추억하다 보면 여름밤은 오히려 시원하게 느껴질 것이다. 잠시 얼굴을 마주하고 시간을 나누는 일은 어렵지 않지만, 사람마다 남기고 가는 흔적들은 모두 다 다르다. 내겐 그렇다. 겉으로는 아무렇지 않은 척하지만, 돌아간 자리는 마음 안쪽에 크게 남아 오래오래 바라보게 된다. 한동안 마음을 다스리기 힘들 때가 많다.

K가 다녀간 그날에도 대문 밖, 커다랗게 뚫린 하늘로 붉은 노을이 무참하게 지고 있었다. 영영 밤이 오지 않을 것 같은 노을이었다. 마음은 꽃가루 날리듯 흩어지기만 해서 몸살이 날 것만 같았다. K가 머문 시간은 바람처럼 짧았다. 그는 내 보금자리 이곳저곳을 둘러보고 살피고 어루만지며 조언했다. 혼자 살기 좋은 집이라 했다가 둘이 살아도 문제 안 될 규모라며 말하며, 여기저기 떨어진 꽃잎처럼 주저앉아 봄볕을 쬐는 모습이 집주인처럼 자연스러웠다. 툇마루에 앉아서 두 발을 까딱거리며 여기서 살면 참 좋겠다던 그 말은 나를 헷갈

리게 했다. 내가 다시 좋아졌다는 소리 같기도 하고, 처음 와 보는 밀양이 좋다는 소리로 들리기도 했다. 누구나 할 수 있는 말 같기도 하고, 아무나 해서는 안 될 말 같기도 했다. 말만 놓고 보면 전혀 헷갈릴 것 없는 그야말로 말일 뿐인데, 우리만 알고 있는 말투를 얹어보니 확실히 마음이 오락가락했다. 우리는 겨우 타인이 됐지만, 우리가 함께 지낸 세월은 여전히 서먹하지만, 미련하고 어리석은 나는 아직도 헷갈린다.

여기가 좋다는, 그저 지나가는 말일지도 모르는 그 말이 왜 그토록 크게 들렸을까? 너였기 때문이다. 모든 것은 너였기 때문이다. 이웃집 어르신도, 오가는 낯선 사람들도 누구라도 인사치레로 하는 그 말에는 잘못이 없다. 다만 내 마음이 잘못이다. 오랫동안 고요하던 나날이 한나절 만에 혼란으로 바뀌었다. K는 아무렇지도 않게 경쾌한 인사를 날리며 저녁 하늘 깊숙이 날아가는 새처럼 돌아갔다. 그날 이후 이 작은 집이 혼자 살기에는 버거운 크기로 부풀어 올랐고, 다시 살 만한 크기로 줄어드는 데는 꼬박 한 계절이 걸렸다.

겨우 마음을 수습해 놓은 그 계절 끝에 다시 걸려 온 전화였다. 아직도 친구와 재잘거리며 돌아가던 K의 뒷모습이 내가 한 번도 가본 적 없는 나라들처럼 가늠할 수 없는 거리에 있다. 세상의 가장 큰 공터는 사람이 머물다 간 자리다. 누구나, 무작정 오셔도 된다고 걸어 둔 문패 속에 K는 예외였나. 아니면 K만을 위함이었나.

앞마을 김영복 선생께서 작은 배롱나무 한 그루를 선물로 주시며 "배롱나무 꽃 필 때 찾아오는 손님은 민폐"라고 일러 주셨다. 아무리 더워도 구름처럼 수북이 번져가는 꽃만 보고 있어도 시절이 잘 갈 거라며, 배롱나무 꽃 붉게 핀 이 계절에는 사람을 기대하지 말고 계절만 보고 살아도 괜찮을 거라는 뜻으로 해석했다. 이 더위가 물러나고 가을이 오면, 낙엽 쓰는 일로 바쁘다고 핑계를 대면 괜찮을 텐가. 그건 그때 알아서 하기로 하고, 마을 곳곳에 흐드러지게 핀 배롱나무 붉은 꽃들이나 세면서 마음을 다스려야겠다. 배롱나무 꽃말은 부귀다. 부귀는 귀한 것을 많이 가졌다는 뜻인데, 어느 책에서 말하길 진정 귀하고 값진 것은 눈에 보이지 않는 것이라 하였으니, 그건 아마도 마음일 것이다.

꽃은 인연으로 피는 것이 아니라 필연으로 핀다. 인연 이후의 일을 소홀히 한 우리는 필연이 되지 못했다. 그대가 오는 것은 좋으나, 내가 그대의 얼굴을 마주하고도 아무렇지 않을 때, 그대 얼굴을 석 달 열흘을 마주하고 이야기하여도 괜찮을 때 오셔도 된다. 그때는 배롱나무 꽃이 피더라도 오시고, 그 가지에 함박눈이 얹히더라도 무작정 오셔도 된다.

해 지는 쪽으로 발걸음

"오늘도 걸었고 추억에 당도했다.
그러니 어찌 아름답지 않을 수 있을까."

그대 생의 끝에 장식될 재료들. 멀리 있지 않다. 지금 무심히 뒤돌아본 풍경이거나 사소한 장면들. 어제 산책길에 밟은 흙과 그때 머리 위로 날아간 저녁의 새, 아침의 안개와 오후의 바람들, 누군가의 인사가 옆구리를 흔들던 시간, 기억하지 않아도 불쑥 재채기처럼 나오는 숨길 수 없는 따뜻한 일들.

삶의 주변을 걷고 돌아온 밤, 추억은 걸어온 분량만큼 쌓였다. 결과 없는 하루라고 의심하지 마시라. 그대는 오늘도 아름답게 살았다. 살아 있다는 이유만으로 그렇다. 살아 있는 자만이 추억을 가질 수 있다.

내게 온 아름답고 튼튼한 사다리

"더 이상 나눌 것이 없다고 생각하면 오히려 더욱 따뜻해지는

이 마음은 당신으로부터 알게 된 온도. 이 온도로 우리는 말을 하고

숨을 쉬며, 함께 손을 잡고 걷는다."

기시감이라 생각했지만 사다리 맨 마지막 칸에 열린 하늘을 보는 순간, 분명 내 마음 어딘가에서 구름처럼 순하게 잠들어 있던 감정이라는 것을 알았다. 꽃들이 만발한 뒤뜰로 이어지는 비탈에서였다. 지금은 따뜻한 봄날이지만 그때는 칼날 같은 겨울의 한가운데였다. 조지아와 아르메니아를 지척에 둔 이란의 최북단 깊은 산골짜기 마을. 먼 곳으로부터 흑해의 바람이 달려와 밤마다 눈을 뿌리고 창문을 흔들던 곳. 산비탈에 실타래처럼 복잡하게 길이 얽힌 미로 같은 곳. 마슐레Masuleh

였다. 그곳에서는 앞집 지붕이 담 없는 골목이나 앞마당이 되고, 내 집 지붕이 뒷집의 마당이나 사람들이 지나다니는 길이 된다. 그러니까 사람들이 지붕 위로 다니는 것이다. 서로의 지붕을 내어 주고 골목처럼 공터처럼 오가는 그곳은 집과 집의 간격이 없었다. 그런 식으로 이어진 집들이 산등성이를 이루었다. 그 속에 카페가 있고 빵을 굽고 물건을 파는 가게도 있으며 식당이나 대장간이 있고 사원도 있었다. 이른 아침 울려 퍼지는 기도 소리가 겨울 안개를 뚫고 흐르는 시간, 지붕 위를 걷는 사람들이 안개 속으로 사라지는 풍경은 현실의 풍경이라고는 믿기지 않는 풍경이었다.

내가 머물던 숙소 방바닥 아래로도 골목이 지나가고 있었는데, 가만히 바닥에 등을 대고 누워 있으면 사람들의 말소리가 꿈속의 언어처럼 등 뒤에서 몽롱하게 들리기도 했다. 참으로 독특한 마을이었다. 각자의 집이지만 그 집이 누구나의 길이나 마당이 되기도 했으니 말이다. 담이란 것이 존재할 수 없는 마을인 것이다. 그러다 보니 마을 사람들은 모두가 친척 같고 친구처럼 살갑게 지냈다. 세상에는 이해가 되지 않는 방식으로 살아가는 사람들이 아직도 많지만, 이해하려 하지 않았던 이유로 모르고 있었던 건지도 모른다. 여행자가 지내기에는 더 없이 좋을 곳이지만, 내 집이라 여기면 상상이 안 될 스트레스에 날마다 담 쌓을 궁리만 하게 될지도 모른다는 생각도 들었다.

지금 여기에도 그날 혹한의 바람에도 떨지 않던 온도가 느껴진다. 열악하지만 황량하지 않고, 부족했지만 불편하지 않았던 그날의 온도, 그 마음의 온도를 기억한다. 이곳 작은 산등성이 비탈에 층층이 쌓인 낮은 담과 활짝 열린 대문 앞을 지나며 오래전 그날처럼 이웃의 안부를 묻는 나를 본다. 그러고 보면, 나는 그날의 골목과 오늘의 골목을 자유로이 넘나들고 있으니 좀 괜찮은 과거를 가진 사람이겠다. 이렇게 살다 보면, 언젠가는 과거보다 더 좋은 미래도 만날 수도 있을 것이다. 나는 아무것도 하지 않았는데, 누군가가 나를 위해 좋은 계획을 세운 것을 알았을 때, 더욱 열심히 살아야겠다고 다짐한다.

시골로 내려오면서 가장 큰 걱정이 있었다면, 이웃과 잘 지낼 수 있을까 하는 것이었다. 사는 일이야 직접 부딪혀 봐야만 알 수 있는 것이니 미리 걱정할 필요가 없는 것이었지만 부담이 되는 건 사실이었다. 혹시라도 실수하거나 예의에 벗어나는 행동을 해 괜히 이상한 이웃이 되지나 않을까, 누군가의 마음이나 말을 견디지 못해 다시 짐을 싸야 하는 건 아닐까 하는 생각도 했다. 이런저런 생각과 걱정이 이어지다 보니 다크 서클이 뒤꿈치까지 내려왔다. 그래서 선글라스를 끼고 짐을 꾸려야 했던가?

이사 온 지 채 한 계절이 지나지 않은 어느 날, 나는 확실히 행운아라는 걸 느꼈다. 내 색안경을 벗긴 건 뒷집 장 선생님이다. 우리는 앞뒷집으로 살지만 실제로는 아래윗집이다. 마당에서 올려다보면 뒷집은 이층집처럼 내 집 지붕 위에 얹혀 있고, 선생님 댁 마당에서 보면 내 집 지붕은 정원보다 더 아래에 있다. 간혹 텃밭에서 일하다가 인기척에 고개를 들면, 선생님 내외 중 한 분 혹은 두 분이 같이 나를 내려다보며 손을 흔들고 계신다. 그분들을 우러러볼 위치라 다행이었다.

그분들이 사용하는 단어는 항상 고요하고 낮다. 불편한 것은 없는지, 시골 생활이 재미있는지 내게 묻는다. 처음엔 항상 그런 말들로 인사를 하셨다. 선생님께 부탁받은 것이 있는데 자신을 선생님이라 부르지 말라는 것이다. 그게 불편하다며 그냥 아저씨라 불러달라는 부탁은 아직 못 들어 드리고 있다. 친하지 않아서가 아니다. 마음 같아서는 형님이라 부르고 싶은데, 그러다가 더 친해지면 어깨동무라도 해버릴 것 같은 마음에 일부러 적당한 거리를 두고 있다. 만날 때마다 제발 호칭을 바꿔 달라며 순한 눈으로 간절히 바라보시는데, 여전히 마땅한 호칭을 찾지 못했고 지금도 내겐 선생님이시다. 선생님이란 단어가 싫으신 건가 하고 여쭈었더니, 그런 건 아니고 누군가에게 선생 소리를 들을 만한 사람이 아니라며 손사래를 쳤다. 나는 먼저 태어난 모든 사람은 선생님이라며, 저처럼 모르는 게 더 많은 사람에게는 당연히 선생님이시라, 계속 그렇게 부르겠다고 말 안 듣는 학생처럼 반항했다.

그날도 언덕에서 내려다보시며 인사를 하셨다. "제가 선물 하나 할까요?" 하는 말씀에 "이미 주셨잖아요!" 하며 배나무를 가리켰다. 선생님은 내가 이사 오자마자 작고 아담한 배나무 한 그루를 선물로 주셨다. 잘 키워서 배가 많이 열리면 반은 달라고 하시던 농담이 아직도 하얀 배꽃처럼 하늘하늘 기억나는데 또 선물이라니. 부담스러울 거 같아 망설였다. "이제 우리 집 놀러 올 때 멀리 둘러 오지 말고, 바로 올라올 수 있는 길 하나 만들어 주려고요." 나는 선물과 길 사이의 뜻을 자칫 이해하지 못했다. 선생님 댁을 가려면 옆집 비탈을 지나 다시 오르막으로 이어지는 골목 끝, 그러니까 옆집을 두고 완전히 한 바퀴를 돌아 비스듬히 언덕을 올라야 한다. 내 번거로움을 덜어주고자 우리 집 뒤뜰과 선생님 댁 마당을 잇는 사다리를 만들겠다고 미리 허락을 구하신 것이다. 그러면서 더 자주 놀러 오라는 뜻이라고 했다. 한 번도 상상해 본 적 없는 선물이었다. 염치가 없는 사람처럼 감사하고 말았다.

이곳에 내려오면서 예상하지 못할 일들이 많이 일어날 줄 알았는데, 그것들이 이런 종류의 일이라면 얼마나 다행인가. 짐을 싸며 고민했던 많은 일들이 짐을 다 풀기도 전에 스르르 풀려 나비처럼 날아다닌다. 금낭화 지천으로 핀 뒤뜰에 하늘로 이어지는 튼튼한 사다리가 있고 그 끝으로 올라서면 넓고 아름다운 정원이 다시 이어진다. 나는 사다리의 유일한 사용자고 이 길은 그 누구도 아닌 나의 길이다. 이후로 나는 조금 더 잦은 간격으로 눈치도 없이 드나든다. 계절마다 꽃들이 앞다투어 피고 연못에 구름처럼 떠다니는 관상어들과 풍성하게 과일을 맺은 나무를 구경하는 것만으로도 배부른 풍경이다.

간혹 식탁에 초대되기도 하는데, 그럴 때마다 그곳에서 바라보는 내 집 지붕은 참으로 낮고 소박해서 그 안의 나는 어떤 사람인가 하고 잠시 생각하게 된다. 나는 누군가에게 한 번이라도 든든한 사다리가 되어 마음의 길을 내어준 적 있는가? 그동안 세상 많은 곳을 떠돌다 다녔지만 지금까지 내 안에 또렷하게 남아 있는 것은 아름답고 신비한 풍경이 아니다. 내 발목을 잡고 나를 주저앉힌 것은 언제나 사람이었고 마음이었다. 더 이상 나눌 것이 없다는 생각이 드는 그 순간에도 자꾸만 나누려 하던, 그래서 자주 눈시울이 붉어지게 했던 사람들.

오래전 낯선 길 위의 사람들에게서 받은 그 마음들은 다 어디로 갔을까? 여행에서 벗어나 현실을 사는 동안 내 곁에 친구나 가족은 없고 그냥 사람들만 있다는 생각이 들 때, 그때마다 따스한 차 한 잔처럼 떠오르는 길 위의 고마운 사람들. 그날의 사람들이 여기 이웃으로 있다. 이제 조금 알겠다. 내게 없었거나 잠시 잊은 낱말, 이웃. 사람과 사람 사이 아름답고 튼튼한 사다리가 있다.

그냥, 알고나 있으라고

"결핍은 뻔뻔하고 뻣뻣하다."

모든 것이 멀리 있다. 그리운 모든 것은 멀리 있고 보고 싶은 모든 것이 멀리 있지만, 지금 당장 먹고 싶은 것이 더더욱 멀리 있다. 멀리 있어 못 먹는 것에 한 번 신경이 집중되기 시작하면 금단증상은 점점 심해진다. 짜장면과 돈가스와 치킨은 몸에 좋지 않은 음식이라고 절대로 비난할 수 없게 된다.

이곳은 모든 것이 배달 가능한데 음식 배달에서만큼은 변방이다. 먹고 살아야 하는데, 먹고 사는 데 필요한 재료와 도구까지만 손에 넣을 수 있는 곳이다. 먹고 싶다면 스스로 만들어 먹어야 한다. 어느 정도 예상은 하고 왔지만, 예상보다 더 먼 거리에 그것들이 놓여 있다. 찾아 나서면 될 일이지만 마음먹기가 쉽지 않고, 나서기도 만만치 않다. 게다가 먹고 싶다는 간절함이라는 것도 불현듯, 절묘한 타이밍에 파고드는데, 그 감정은 금방 절박함으로 발전한다. 아! 지랄 같음이다. 모든 먹을 것은 먹어야 할 때가 있는 법인데, 먹고 싶은 것을 못 먹을 때는 더 빨리 늙는 것 같다. 가령, 한밤중에 모니터를 넘기다가 발견하는 음식 사진에 발정 난 강아지처럼 안절부절못할 때가 있다. 먹을 방법이 없다는 것을 알면서도 넘기지를 못한다. 결국 자제력이 바닥을 드러내고 라면이라도 끓여 먹고 나서야 겨우 진정된다. 라면과 인스턴트 밥을 발명한 사람은 노벨평화상을 받아야 마땅하다.

더러는 이런 속사정을 알고, 뭐가 먹고 싶냐고 묻는 사람들이 있다. 그 어느 안부보다 반갑다. 선천적으로 부탁하는 것을 죽기보다 싫어하지만, 이럴 때만은 쓸데없는 자존심 안 부리고 속 시원하게 말한다. 일단 식어도 맛있는 피자! 그리고 내게 주고 싶은 것 중에 도시에만 있는 것이면 무엇이든지! 라고.

그러나 사전 연락도 없이 멋있는 척 반갑게 빈손을 흔드는 친구도 있다. 딱 보니 와이프에게 욕 얻어먹을 짓을 하고서도 괜히 성질부리다 쫓기듯 내려온 느낌이다. 가뭄에 콩 나듯 아주 가끔이긴 하지만, 처음 놀러 오면서 두유 한 박스 사 들고 오는 감각 없는 친구를 둔 덕에, 자꾸만 사람에 대한 기대가 사라져 간다. 적어도 지금 내게 두유는 빈손이나 마찬가지다. "이 미친놈아! 시골에 놀러 오면서 웬 두유냐! 두 유 노? 난 두유가 싫어." 지천으로 널린 게 콩밭인데. 속으로 열두 번쯤 갈아 마셔도 좋을 비난을 하고 있는데, 그는 맛있는 파스타 먹고 싶다는 민폐를 싸지른다. 저게 인간인가? 저게 결혼까지 한 어른인가? 도시에서 시골 온 놈이 파스타? 그래, 내 집에 온 손님이니 내 손으로 죽일 수는 없고, 스스로 배불러 죽도록 만드는 일이 더 빠르겠지. 파스타 한 소쿠리 해 놓고 시골 방문의 예의를 디저트 삼아 교육해 볼 생각이다. 세상 물정 알기 전에 죽게 할 수야 없지 않은가.

아! 뜨거운 여름이다. 그리고 여기는 밀양 시내에서 30분이나 떨어진 곳이다. 그냥, 알고나 있으라고.

살가운 처방, 따끔한 교훈

"따끔한 맛을 보고, 그 따끔한 맛으로 후회하고, 반성을 거치고 나면 비로소 인생의 따끔한 맛을 보았다고 하겠지. 그 따끔함을 수도 없이 맛보고 나서야 겨우, 아주 조금 알 것 같기도 하겠지. 인생 말이야."

대문 옆 기와가 올라간 흙담을 따라 남천이 싱싱하게 자라나고, 그 옆으로 선물처럼 핀 능소화가 탐스럽게 영역을 확장하고 있다. 뭐든지 잘 자라는 계절이다. 채소들은 스치는 바람에도 한 뼘씩 자라나 감당이 안 될 정도다. 내가 실력 좋은 농부처럼 여겨진다. 흐뭇한 마음으로 하늘에 감사하고 계절에 감사할 따름이다. 이 시기에 살아있는 모든 것은 나만 빼고 모두가 왕성하고 무성하다 싶지만, 그것을 바라보는 내 마음 또한 만족감으로 가득하니, 존재하는 모든 것은 불행할 이유가 없겠다. 그러니까 우리는 살아 있다는 사실에 축배를 들어야 한다.

전화기 너머의 지인들에게는 이곳의 삶이 밝고 아름답고 이상적이라고 말하곤 한다. 하지만 대문 옆으로 줄 지은 남천과 능소화 그리고 온갖 채소들과 이름 모를 꽃들이 생명을 붙이고 잘 자라나는 이 풍경을 만들기까지, 손에는 거의 날마다 호미가 들려 있었다. 싱싱하게, 빨리 자라는 것은 채소뿐 아니라 풀도 마찬가지다. 아니 채소보다 풀이 더 빨리 자란다. 못 먹는 것들이 먹을 수 있는 것보다 더 엄청난 성장 속도를 가진다는 것을 알았다. 일주일만 호미를 놓고 있어도 마치 다른 종류의 생명으로 변형이 된 것처럼 빠르게 번져 간다.

시골집 마당에 잔디 대신 자갈을 깔거나 시멘트를 바르는 것을 이해하지 못했다가, 여름이 점점 풍성해져 가는 지금은 백번 이해하고도 남는다. 이 세상에 착한 사람만 사는 게 아닌 것처럼, 잔디밭에도 잔디가 아닌 생명들이 잔디와 함께 살아간다. 겨우 방이나 쓸고 닦는 솜씨로 고쳐 나가는 집 단장이야 잠시 쉬어갈 수도 있고, 방치할 수도 있고 여차하면 포기도 가능하지만, 온갖 생명이 살고 있는 마당은 그게 쉽지 않다. 내 집과 이웃한 집들의 마당 크기는 우리 마당에 비하면 거의 대저택 수준. 하지만 풀 한 포기 없이 깔끔하게 정리된 잔디밭과 각종 화초와 과실수들이 백화점 식품부에 납품되어도 좋은 상태로 관리되는 것은 볼 때마다 미스터리 같고 충격으로 다가온다. 그런데 더 경악을 금치 못할 사실은 이 일이 대부분 아침 식사 전에 마무리된다는 것이다.

어떻게 흉내라도 내어 볼까 하고 정수리에 땡볕을 이고 이어폰을 꽂은 채 호미를 들고 삼십 분 정도 마당을 헤매다 보면, 아! 나는 꼼꼼한 사람도 아니고, 차분한 사람도 아니고 그렇다고 지구력이 강한 사람도 아니라는 것을 깨닫게 된다. 그나마 눈썰미는 아주 조금 있고, 시력은 확실히 좋아서 텃밭의 풀들은 가려서 잘 뽑아낸다. 하지만 마당 구석구석 눈길이 닿지 않는 곳에서 은밀히 자라나는 풀과 풀인지 꽃인지 구분이 되지 않는 어린것들은 나름 스트레스로 다가온다.

그러나! 나는 공부는 못해도 결석은 한 적이 없는 근면한 사람이다. 그래서! 반드시 해결을 보리라는 심정으로 숙제하듯 현관문을 나서다가 기겁하고 말았다. 4B연필심처럼 굵고 시커먼 지네 한 마리가 현관을 가로질러 쏜살같이 지나갔다. 아무리 봐도 아직 익숙해지지는 않지만 이젠 뒤로 자빠지거나 이삿짐을 싸는 상상 같은 건 하지 않는다. 대신 완전무장을 한다. 모기장이 달린 모자를 쓰고, 거친 풀에 대비해 긴 셔츠를 입고, 흙이나 돌을 나를 때 다치는 것을 방지하기 위해 장갑을 끼며, 지네나 뱀으로부터 나를 지키기 위해 장화를 신는다. 이 모든 코디네이션은 온전히 나를 위한 일이다. 시골에서 생활하려면 좋아 보이는 것보다 실용적이고 합리적인 것을 선택해야 한다. 그래도 좋아하는 노래를 틀어 놓고 아무 생각 없이 풀을 뽑는 일은 돈을 버는 일만큼 즐겁다. 무성했던 풀들이 단정하게 깎아 올린 뒤통수처럼 환하게 정리된 것을 보면 아주 행복하다, 길 가다가 돈 줍는 것 같은 기쁨을 느낀다, 고 생각 했을 때!

따끔. 아니다, 찌릿. 굵은 못에 찔린 것처럼 손등에 통증이 느껴졌다. 그리고 남천나무 아래에서 땅벌이 날아올랐다. 아, 오늘은 벌에게 물리는 날이구나. 장갑을 꼈으니까 괜찮겠지 하고 생각했던 손등은 금방 호빵처럼 부어올랐다. 울고 싶었지만 울 만큼 아프지는 않았다. 그걸 핑계로 집 안 전체를 훑으려 했던 작업을 끝냈다. 핑계 대는 사람은 싫지만 핑곗거리가 있는 건 참 좋은 일이라고 생각하면서 저물녘까지 빈둥거렸다. 그리고 어느새 손등에도 노을이 내려앉았다. 핏줄이 사라졌고 손가락 사이의 간격이 좁아졌다. 조금 난감하고 당혹스러웠다. 벌 한 마리의 위력이 이렇게 대단한 건가 싶었다. 나는 남자고, 나는 남자겠지. 나는 남자일 테다. 그러나 죽기는 싫어서 '땅벌에 쏘였을 때'라고 검색해 보았다. 통증, 부어오름, 두드러기 반응, 가려움, 화끈거림, 두통 및 어지럼증, 구토, 경련, 호흡곤란, 의식 저하, 쇼크 등등의 반응이 올 수 있으니

119에 신고하거나 가까운 병원에 가라고 했다. 그 문장이 호랑이에 물린 것만큼이나 무서웠다.

저녁을 먹는 둥 마는 둥 했다. 배고픔을 참지 못하는 내가 이럴 정도면 조금 심각한 상태라는 생각이 들었다. 자정이 가까워지자 오른팔 전체로 통증이 번졌고 급기야 겨드랑이가 딱딱해지는 느낌이 들었다. 새벽까지 잠을 이루지 못하고, 동구 밖 나무 아래에까지 걸어가 불쌍하게 쪼그리고 앉아서 해 뜨기를 기다리며 인생의 따끔함을 맛보았다.

따끔한 맛은 따끔한 정도를 넘어 고통이 된다. 그제서야 인생에 대해 다시 생각하게 된다. 그리고 후회와 반성의 과정을 거치고 나면 비로소 인생의 따끔한 맛을 보았구나 하고 생각한다. 나는 겸손한 마음으로 아침 해가 뜨기를 기다렸다. 산책 나온 이웃 어르신은 이렇게 이른 아침에 나를 만난 적이 없지만 당황하시지 않고, 퉁퉁 부어오른 팔을 보시더니 가까운 보건소에 가서 치료받으라고 차분하게 말씀하셨다. 보건소라는 생소한 낱말을 되뇌며 야외 일을 할 때는 항상 조심하라던 어르신의 말씀을 흘려들은 나를 반성하고 또 반성했다.

보건소에서는 마음 한쪽에서 미안한 마음이 일었다. 이 정도의 일로 보건소까지 와서 치료받는다는 것이 뭔가 과한 설정 같아서였다. 인상 좋은 보건소 간호사 앞에서 팔을 들어 올리며 기어들어 가는 목소리로 말했다.

"벌에 쏘인 일로 찾아와도 되나요?"

간호사는 당연하다는 듯 눈을 크게 뜨고 말했다.

"그럼요, 당연하지예. 시골 보건소에서 성형 수술이나 암 수술은 안 됩니더. 벌에 쏘이거나 뱀에 물리거나 하면 당연히 보건소로 많이 옵니더. 사소하다 생각 말고 무조건 오이소. 올 일이 없으면 가장 좋긴 하지만예."

아, 이 얼마나 정확하고 따뜻한 배려가 느껴지는 말인가. 덕분에 미안해하지 않고, 천 원 남짓으로 주사를 맞고 3일 치 약도 받았다. 그리고 무엇보다 보건소라는 곳은 병원보다 따뜻한 곳이고, 효과도 더 좋은 곳이라는 것을 알게 됐다. 보건소에서는 정신적 치유가 함께 제공된다는 것도.

퉁퉁 부어오른 손을 개울에 담그고 있자니, 지네 반 토막 같은 물고기들이 혼비백산 햇빛을 갈라놓으며 사라진다. 여전히 하는 일마다 서툴러서 이제는 내가 나를 못 믿는 지경까지 이르렀지만, 여기서는 누구나 그럴 것이다.

나는 여전히 낯선 곳을 여행 중이다. 길 위에서 걷는 것만으로 배워야 했던 많은 날들. 평화로운 헤엄 중에 난데없이 침범해온 손등을 코끼리로 이해할지도 모를 물고기들처럼 경험한 만큼, 사는 만큼 알아 가면 되는 것이다. 이 작은 보건소를 드나들 일이 앞으로 잦을지도 모르지만, 그때마다 살가운 처방으로 따끔한 교훈 하나씩 얻지 않겠나. 요즘은 집으로 가는 길을 서두르지 않아도 될 만큼 해가 길어졌다. 긴 그림자만큼 여유로운 한낮. 따끔했던 그래서 뜨끔하게 새기게 된 상처가 이곳의 나를 더욱 단단하게 만들 것을 믿는다.

아, 그나저나 깡패처럼 자라나는, 적군처럼 밀려오는 잡초들을 어찌하면 좋으랴.

라따뚜이를 먹는 여름 저녁

"가지가 익으면 프랑스에 다녀올 생각이다.

다시, 멀고 먼 그날의 식탁에 앉아 볼 생각이다."

푸른 식물무늬가 그려진 로열코펜하겐풍 접시에 담긴 라따뚜이는 실력 있는 화가가 그린 유화처럼 품위가 있었다. 초록과 검은색에 가까운 짙은 보라색 그리고 붉은색의 소스가 뭉근하게 엉켜 있었는데, 차갑지도 따뜻하지도 않은 상태여서 빵에 올려 먹기 안성맞춤이었다. 한입 가득 입에 넣고 눈을 감으면 리넨 커튼이 교향곡의 선율처럼 부풀어 오르던 어느 초여름 날이었다. 이른 저녁 별들이 포도밭 너머 가로등처럼 밝혀지기 시작하고, 질 좋은 벨벳처럼 검게 다가오던 밤. 처음 만난 사람들과 처음 먹어 보는 음식들, 여행자들의 식사가 노래로 이어질 때쯤 할머니는 모자라는 음식들을 다시 채우느라 분주했다. 나는 등이 굽은 할머니에게 뭉그러진 가지처럼 나지막이 물었다. 라따뚜이 만드는 법 가르쳐 줄 수 있나요?

그날만 생각하면 지금도 침이 고인다. 알자스Alsace의 능선은 공룡의 등처럼 구불거렸고 그 능선을 따라 포도밭이 이어졌고, 어딜 가나 와인 향기가 코끝에 묻어났다.

오늘은 현실이 아닌 다른 어느 지점에 발을 딛고 있는 것 같다. 여기는 프랑스도 아니고 밀양도 아닌 어디쯤이다. 낯설고 서먹했던 것들마저 사랑스럽고 좋은 일들로 기억되는 프로방스. 여행도 음식도 사람도 모두가 처음이라 좋았던 그때. 세상의 모든 처음은 한 번으로 끝나지만 그래서 영원히 기억되기도 한다. 오늘, 나의 새로운 이웃과 함께 그 처음을 만들고 있다.

이 계절은 무엇이든 지칠 줄 모르고 번져간다. 꽃이든 풀이든 그리움의 속도처럼 무한대로 번져가는 계절이다. 보고만 있어도 배가 부르다는 말은 과장이겠지 싶었지만, 채소밭의 무성한 야채를 보고 있으면 정말 그렇다. 아래채 유리문을 완전히 열어두고 방바닥에 누우면 줄지은 채소의 초록 잎과 눈높이가 딱 맞다. 매운 고추와 풋고추, 상추와 루콜라, 토마토와 애호박, 부추와 가지, 능소화를 보며 감탄한다. 그늘 아래로 억

척스럽게 피어나는 머위는 벌써 대여섯 번을 넘게 잘라도 처음처럼 태연히 자란다. 루비처럼 빛나는 복분자가 드문드문 붉게 맺히면 아이스크림을 사다가 올려 먹어야지 다짐하지만, 익어갈 틈도 없이 따먹기 바쁘다. 내가 절반을 먹고 나머지 절반은 새들이 자기 것처럼 먹고 간다. 손바닥만 한 밭에 채소들은 정원 초과로 빼곡하지만, 속도를 늦출 줄 모르고 계속 하늘을 향해 올라간다. 문을 활짝 열어두고 채소들과 나란히 누워 하늘을 본다. 그들과 같은 노래를 듣고 같은 물을 마신다. 하늘색 커튼도 하늘색 하늘도 하늘거리는 한량의 시간이다. 여름엔 굶어 죽을 일이 없겠다. 더군다나 물과 태양만 먹고 순하게 자라 내게 약이 되니, 이들 덕분에 나도 날마다 싱그러워지고 있지 않나 싶다.

가지만 익으면 프랑스에 다녀올 생각이다. 남들이 뭐라고 해도 갈 것이다. 방바닥에 달라붙어 문지방 너머 야채에게 이렇게 속삭였다. 그렇게 마음먹은 지 보름도 안 된 어느 저녁, 여기에 프로방스의 식탁을 차렸다. 오늘 오후는 프로방스에서의 그날과 너무나 닮았다. 햇살과 바람이 그렇다. 그것들이 통과하는 자리에 식탁을 차린다. 이곳에는 라따뚜이를 맛본 사람들이 없을 것이다. 그래도 싫어할 사람 또한 없을 것이다.

이웃을 초대하고 손이 바빠졌다. 여기를 밀양이 아니라 프랑스의 어느 시골 마을로 만들어 볼 생각이었다. 제법 자란 애호박은 연둣빛의 봄처럼 여리고 부드러웠다. 풋고추 사이에 드문드문 심은 바질은 근사한 코트의 단추처럼 윤이 나고, 그 옆의 토마토는 색은 비록 고르지 못하지만 안으로부터 풍겨 나오는 싱싱함이 열대과일 못지않다. 이런 싱그러움은 어느 상점이나 마트에서도 본 적이 없다. 그래서 칼질도 겸손해진다.

음식은 좋은 재료가 반이라 오히려 실력이 탄로가 날까 걱정스러웠다. 나는 그날의 할머니처럼 얌전하게 앉아 야채의 퍼즐을 조곤조곤 맞춘다. 둥글게 잘려진 토마토, 애호박, 가지 순서대로 반복하며 접시에 담는다. 그러면서 그날 프로방스를 떠올린다. 투박한 벽면에 걸린 식기들과 부엌 너머의 풍경들, 정리가 잘 안 된 식탁에 둘러앉은 낯선 여행자들의 뒷모습. 그때 나는 예감 했을까? 오늘의 나를.

맛있는 라따뚜이를 만드는 노하우는 알뜰함이다. 할머니는 눈에 보이는 모든 야채를 다 넣으셨다. 오일을 넉넉히 두른 팬에 양파와 푸른 올리브, 마늘과 말린 허브들을 넣고 노래를 흥얼거리며 볶다가 노래가 끝날 때쯤, 자투리 토마토와 가지 애호박을 몽땅 넣고 뚜껑을 닫았다. 내가 뭉근하게 잘 익은 팬 속의 야채들을 믹서에 옮겨 놓으면, 할머니께서 마지막으로 숫자 1을 누르고 웃으셨다. 이제 접시만 준비하면 된다. 친한 친구에게 숨김없이 마음의 가장 안쪽까지 다 보여 주듯, 그런 친구와 먹을 마음으로 만드는 것이 라따뚜이다.

대단한 것 없는 마음으로 차리는 평범한 식탁. 부담스럽지 않은 마음으로 이웃을 초대했다. 주말에만 지내러 오는 이상석 형님 가족을 불렀다. 우리는 고작 두 계절을 지냈을 뿐이지만, 잦은 초대로 격식을 차릴 것도 없는 사이가 됐다. 함께 머리를 맞대고 같은 음식을 여러 번이나 먹었다. 그들에게 와인이 익어가던 그날의 저녁을 자꾸만 설명하고 싶어졌다. 그날의 식탁으로부터 몇 개의 대륙을 건너 수많은 계절을 지나 당도한 이곳의 저녁은 무사하고 평화롭다. 기억을 더듬어 차려낸 저녁을 공유할 이웃이 있다는 것은 얼마나 다행한 일인가. 뜨거워도 괜찮고 식어도 상관없는 라따뚜이처럼. 당신이 앉게 될 모든 식탁도 그렇게 즐겁고 행복했으면 한다.

아! 그리고 나는 좀 요리를 잘하는 것만 같다. 그날의 할머니도 인정하셨다. 증명할 길은 없지만.

3장

가을

결실도 없지만
좋았다고 웃는 일

이 계절과 팔짱을 끼고 걷자

"걷다가 가을을 만나고, 걷다가 나를 만나고,

걷다가 당신을 만났다."

'나는 나와 함께 매일 걷는다'라는 문장을 써놓고 보니 참 처량하지만 한편으로는 대부분의 삶이 이런 게 아닐까 싶다.

봄은 여름 앞에 나선 화동처럼 짧아서 잠시라도 가만히 앉아 있을 수가 없다. 이곳은 계절만이 유일하게 친구라서 나는 여전히 나와 함께 걷는 일에 열중한다. 많은 사람들을 불러 놓고 웃고 떠드는 순간에 잠시 위로받겠지만, 많은 사람 가운데 진심으로 마음을 열고 이야기할 수 있는 사람이 있을까? 있었을까? 하고 생각해 보면 자주 긍정과 부정을 오간다.

꽃이 만발해 연애하기 좋은 계절이다. 모든 계절은 사랑하기 좋은 모든 핑계를 가지고 있다. 누구도 아닌 나와의 연애가 절실한 요즘이다. 나를 잘 알지도 못한 채 나로 산다는 것은 얼마나 슬픈 일일까?

걷자. 오래도록 걷다가 혹시라도 나를 만나게 된다면 얼마나 좋을까? 그때 내가 나에게 아름다운 꽃다발 하나 선물할 수 있다면 얼마나 좋을까? 혹시 만나지 못하더라도, 계절의 변화라도 알게 된다면 그것만으로도 얼마나 다행인가.

가을이다. 결실의 끝. 자신이 가진 것을 다 털어내고도 아름다운 가을이다. 이 계절과 팔짱을 끼고 걷자. 나와 내가 조곤조곤 들꽃 피는 속도로 대화하고 싶어라. 누구의 방해도 없이, 누구와의 동행도 상관없이. 내 마음을 내가 정확하게 알 수 있을 때까지.

내가 내게 기회를 주어야 한다. 내 마음이 내게 말을 거는 것을 알지 못하면 나는 많은 시간을 살아도 살아 온 것이 아니리. 당분간 나와 함께 걷는 일로 이 계절과 연애할 것이다. 그렇다면 다음 계절이 오기 전에, 곁의 사람들에게 들꽃 같은 사소한 편지라도 쓰고 싶어질 때, 조금 더 환하게 웃을 수 있으리라. 그대도, 그대의 아름다운 계절에 그대가 가장 아름답기를 바란다.

마음의 씀씀이를 늘리는 일

"그대의 안녕으로 내가 산다.

그대가 좋아야 나도 좋다."

뜬금없다. 노후 대책이란 얼마나 많은 돈을 모아두었는가가 아니라, 현재의 씀씀이를 얼마나 줄이는 연습을 하고 사느냐 밖에 없다던 누군가의 말이 생각났다. 목탁 소리가 멀리 들리지 않는 이 바위에 앉으면 삶의 태도에 관한 이런 말들이 불쑥불쑥 생각이 난다.

그래서 자주 간다. 그 생각을 들으러, 내 마음을 들으러 간다. 윗집 도영숙 이모께서 이곳의 기운이 좋다는 말을 했을 때, 아주 혈색이 좋은 얼굴로 웃으시는 그의 얼굴을 보고는 정말 그럴지도 모른다고 생각했다. 절은 경치를 감상하며 마음을 다스리는 곳이라 생각해 법당에 들어가 본 적은 없다. 요즘은 교회에도 나갈 수가 없어 기도는 좋은 자리 아무 데서나 한다.

마을 뒷산 보문사의 너럭바위. 이곳에서 머무는 시간은 불과 십여 분 정도밖에 되지 않는다. 이 정도 시간이면 내가 아는 사람의 이름이 모두 호출된다. 눈을 감고 가만히 앉아서 불러본다. 간혹 그 이름 중에는 나를 기억하지 못하거나 잊고 사는 사람들도 있을 것이다. 그래서 내가 아는, 나만 아는 이름을 좋은 마음으로 불러 본다.

생각보다 많은 이름이 떠다닌다. 나는 나 자신을 참 외롭고 쓸쓸한 사람이라 생각하는데, 내게 이렇게나 많은 이름이 있다는 걸 알아내고는 신기해한다. 매일매일 불러 본 그 이름들이 건강한 몸과 따뜻한 마음으로 날마다 행복하기를. 기도는 대충 그렇게 끝이 난다. 부처가 가까운 자리에서 하나님을 빌어 가슴에 새겨 보는 이름들. 버릇처럼 하는 노래 같은 마음의 기도. 그러다 보면 그들과 내가 노래처럼 좋아지고 노래처럼 즐거워지지 않을까. 날마다 보장된 행복의 십 분. 그대도 그 시간 동안 내 안에 있을지도 모른다.

몇 해 전 치앙마이의 등불축제 때, 수많은 사람 사이에서 유유히 떠올라 스스로 별이 되던 등불들을 기억한다. 잊을 수

없는 광경이었다. 커다란 풍등은 하늘 높이 떠오르다가 별빛처럼 희미해지며 마침내 소멸했다. 등불은 완전히 사라지는 것이 의무였다. 그래야 재탄생할 수 있기 때문이다. 등불의 꿈은 별인 것처럼 보였다.

전 세계에서 몰려든 여행객과 현지인들이 같은 방향을 올려다보던 밤하늘. 밤하늘의 등불이 별이 되고 종교가 되던 시간. 저마다의 소원은 다를 텐데 등불의 모양은 같았다. 나는 그 별들이 사라지기 전에 묻어 두었던 이름들을 떠올렸다. 그들의 얼굴을 떠올렸고 그들의 마음을 기억했다. 그때 빌었던 소원들이 지금 이루어지고 있는 것일까? 어쩌면 자신이 나약해질 때마다 비는 일은 계산적인 행동일 수도 있겠지만, 그렇다고 자신을 구하는 일에 계산이 빠지면 또 안 될 일이다. 다만 진심인지 아닌지가 중요한 것 아닐까.

스스로가 좋아지기 위해 모으는 두 손은 얼마나 안간힘인가. 얼마나 큰 처절인가. 그래서 날마다 같은 시간에 같은 사람들의 이름을 떠올리며 같은 내용으로 기도한다. 내 마음에서 피어난 모두가 행복하길. 덩달아 나도 좋아지길.

이모님께서 이르시길, 기도는 항상 남을 향해야 한다고 하셨기 때문에 그런 줄로 알고 하루에 십 분 그대들을 위해. 내가 좋아하는 사람들이 잘되라고 빈다. 그 짧은 시간이 하루 중 가장 생산적인 일을 한 때라 가장 뿌듯하다. 여행자로 산다는 것은 재산을 늘리는 일이 아니라 마음의 씀씀이를 늘리는 것이라 이해하고 있다. 좋은 것을 떠올리면 마음이 좋아지는 것처럼 이런 감정을 느끼며 내가 변해가는 것이 좋았다. 내 기도가 잘 전달되는지는 알 수가 없지만, 내가 좋아하는 이름들이 파란 하늘로 번져 가는 것이 좋았다.

낯선 길 위에서 좋은 것을 발견할 때마다 불렀던 이름들, 그 이름들이 어느 밤 내 앞에 환한 별로 떠올라 길을 밝혀 주었다는 것을 안다. 무심히 올려다본 밤하늘, 점멸하는 별들을 보며 그대들도 좋은 꿈을 꾸고 있을 거라 믿는다. 우리는 무심한 척 살아가지만, 사실은 서로의 이름을 날마다 떠올리고 부르고 있다. 그렇기 때문에 별은 단 한 순간도 사라진 적이 없다.

무릉리 아리랑

"한 끼 더 먹고 가세요.

가을이니까요."

갈대와 억새를 여전히 구분하기 어려워하는 사람을 벼가 익어 가는 들판으로 데리고 나와 어제 우리가 나눠 먹던 밥이 여기 넘실거린다며 잘난 척해 보는 일. 나는 이곳에서 너에게 소용없는 사실을 설명하며 붙잡고 싶지만 불가능이다.

갈대 깃에 내려앉은 가을볕, 거울처럼 반들거리는 시냇물, 푸른 하늘과 신선한 바람, 아무렇지도 않게 아침 공기를 깊숙이 마시는 일까지. 이 사소하고 자잘한 아름다움도 혼자라면 소용없다는 말을 하지 못하고, 한 끼 더 먹고 가라는 말만 한다. 그 말에 입안이 바스락거린다. 그래서 가을인지 모르겠다.

밀양강 가, 들꽃들이 '날 좀 보소, 날 좀 보소'라는 노래처럼 흔들린다. 함께 피지 못하고 드문드문, 미처 하지 못한 말이 남은 것처럼 먼 거리로 피었다. 인생의 반 이상은 어쩔 수 없는 마음일 때가 많으니 그것을 위해 가을은 그냥 아름다운 것이라고 생각한다.

우리는 잠시 여행처럼 반가웠어요

"몇 개의 국경이 걸쳐진 저녁,

나란히 맞닿은 어깨 위로 첫 가을이 오고 있었다."

남쪽의 여름은 지루하고 끈질기다고 생각했는데 뉴스에서는 이상 기온이라고 했다. 인간 생활이 편리해질수록 날씨는 점점 불편해진다는 말이겠지 싶어 반성도 해 본다.

유난히 길고 지루했던 여름도 한순간에 끝났다. 며칠 동안 비가 오더니 가을이 되었다. 여름과 가을의 경계는 너무 짧아서 마치 한걸음에 건널 수 있는 넓이 같았다. 계절에도 국경이 있는 것일까. 밤새도록 비가 내리더니 어느 순간 돌아갈 수 없는 대륙을 건너 낯선 곳에 들어선 것처럼 스산해졌다. 기다리지 않아도 때가 되면 반드시 오는 것들이 아무렇지도 않게 오고 있다.

푸르게 넘실대던 들판이 누렇게 바뀌어 가더니 어느새 드문드문 빈자리가 생겨난다. 사람들은 산과 들에서 결실을 따기 바쁘다. 차가워지기 시작한 공기를 피해 비닐하우스 안으로 들어간 작물들은 백열등 아래 휴식 없이 밤새 자란다. 계절이 바뀔 때마다 식물들의 거처도 달라진다. 여기에서는 정치도, 경제도, 다른 모든 것도 계절의 구령을 피할 수가 없다. 바람이나 태양의 눈치를 살피는 일이 타인의 마음을 가늠하는 일 보다는 수월하다 생각하며 걷는 오후. 태어나 처음으로 계절의 일거수일투족을 지켜보며 봄과 여름을 지냈고 이제 가을 들녘 앞에 섰다.

오늘은 마트 다녀오는 길에 차를 세워 놓고 단장천의 노을을 만나러 갔다. 다리 공사가 한창 진행 중인 개울을 따라 한 시간 남짓 천천히 걸으면 면사무소 삼거리가 나오는데, 여기가 동네를 벗어나 처음 만나는 상업지구가 되겠다. 그래봐야 도로를 따라 서너 집 늘어선 가게가 전부다. 그래도 한동안 동네만 맴돌다가 이 거리로 내려오면 짜장면이나 치킨 냄새도 희미하게나마 맡을 수 있다.

셔터가 내려진 우체국 앞 계단에 어둑어둑 배달되는 그림자들, 전조등을 켠 차들이 길을 더듬으며 천천히 지나간다. 임시 폐업 중인 보건소 뒤로 흐르는 강 위로 태양이 떠내려간다. 강의 끝에는 다른 나라가 있을지도 모른다.

여기서 보는 노을은 실패가 없다. 징검다리 가운데 서서 붉게 물드는 하루를 바라보면 잠시나마 아주 먼 곳으로 떠나온 여행자가 된다. 나는 두고 온 이름이 있는 사람처럼 궁금한 자세로 길게 목을 빼고 하늘 저편을 바라본다. 큰 소리를 내며 흘러가는 강을 따라 걸으며 잠시 나를 속인다. 여기가 지구 반대편의 어느 지점인 양, 이름을 기억할 수 없는 낯선 도시의 저녁인 양 걷는다.

이렇게 나를 속이며 걷다 보면 실제로 오래전 여행한 곳에 도착해 있다는 느낌에 빠지기도 했다. 여행은 추억 하는 데만 사용하는 것이 아니라 때론 실생활에 유용하게 사용되기도 해서, 나는 내가 경험한 세상의 모든 노을 속에 서 있을 수 있었다. 그러고 보면 나는 여행에 속은 사람인데, 이런 일은 오히려 행복한 사기라고 할 수 있겠다.

강물 위로 하늘에서 새어 나온 보랏빛과 어둠을 끌어당기는 선명한 붉은 빛이 피어난다. 노을은 강에서 두 배로 불어나 더 아름다운데, 그 속 어딘가에서 강물 같은 노랫소리가 들려왔다. 꿈인가? 내가 나를 속이는 것이 아니라, 세상이 나를 속이는 것처럼 낯선 노래가 흘러나왔다. 노래는 때로 구름의 흐름처럼 잔잔했고, 때로는 태양의 빛처럼 선명했다. 둑길 산책로 의자에 나란히 어깨를 맞댄 그들. 나는 고개를 숙여 공손하게 인사를 했다. 덕분에 노래는 끊어졌다. 나는 그들에게 어디서 왔냐고 물었다. 딱히 할 말이 없어서가 아니라, 낯선 곳에서 나도 많이 받았던 질문이었기 때문이다. 베트남의 남쪽. 내가 알지 못하는 그곳은 호찌민의 외곽 또는 캄보디아 국경 어디쯤이겠구나 하고 상상했다.

근처 농장에서 일하는 그들은 서로 친구라고 했는데 자매처럼 닮아 보였다. 특히 호찌민 근처에서 학교에 다녔다는, 분홍색 양말을 신은 여자는 세상에서 가장 예쁘게 웃을 수 있는 사람이라는 생각이 들었다. 쉬는 날이면 가끔 노을을 보러 온다는 그들은 지친 기색 없이 맑고 고요한 눈으로 풍경을 나누고 있었다. 그들은 이곳에서 여행이 아닌 생활을 하고 있었고, 생활을 하러 내려온 나는 잠시 생활은 미뤄 두고 여행을 온 것처럼 이 시간을 보내고 있었다.

그들의 호의가 고마워 나는 다시 한번 눈치 없이 질문을 늘어놓았다. 베트남의 북쪽에서 남쪽까지 내가 가 본 도시를 전부 나열하고, 그곳의 음식과 사람들에 대해 이야기했다. 그들은 자주 들어봤을 질문에도 웃어 주었다. 사실 궁금해서 물어본 것은 아니었다. 딱히 할 말이 없어서 그랬다. 내가 아무렇게나 흘린 말을 모두 주워 모아도 그곳이 참 좋았다는, 당신들의 나라를 나도 좋아한다는 결론이 되겠지만, 이 때문에 그녀들이 자랑스러워했으면 좋겠다고 생각했다. 실제로 베트남을 여행하는 동안 좋았던 일이 대부분이었으니까.

나의 여행을 열거하는 동안, 그들에게 내가 잠시 반가운 여행이 되었으면 하는 마음이었다. 나는 그랬다. 오늘 우리가 함께 본 노을이 지금쯤 베트남의 어디를 비추고 있을지도 모르겠다. 우리 또 봐요 하고 다정한 손을 흔들고 싶었지만 나는 바보처럼 또 꾸벅, 고개를 숙이고 말았다.

그들의 붉은 뺨 위로 그날의 가장 아름다운 노을이 지고 있다. 비닐하우스 백열등이 환하게 켜진다. 강물은 크게 나빠질 일도, 크게 환호할 일도 없다는 듯 제 갈 길로 흘러간다. 모든 일이 어제처럼 진행되고 있다. 그들은 국경을 건넜으나 오늘이 여행이 아니었고, 나는 국경을 건너지 않았지만 오늘이 여행이었다.

우리는 서로에게 좋은 여행이었으면 한다. 쭉 마이 만. 행운을 빌어요. 나와 당신들의 행운을 빌어요. 그녀들과 나의 첫 가을이 오고 있다.

돌아오지 못할 것을 생각하는 일이 잦다

"사랑이란 말은 태어난 이후 한 번도 오르지 못하고 자꾸만 내려간다. 아무리 내려가도 바닥에 닿지 못한다. 영원히 내려가기만 할 뿐이다."

파키스탄 북부에서 인도로 넘어가기 위해 험난한 이동이 시작되었다. KKH(카라코람 하이웨이)는 지상의 가장 높은 곳에 있는 고속도로다. 반듯한 곳이라고는 없는 비포장도로를 위태롭게 돌고 도는 동안 아이의 얼굴은 설산처럼 하얘졌다. 생기를 잃은 아이의 작은 얼굴을 쓰다듬는 할아버지의 거친 손끝은 눈이나 심장이 달린 것처럼 애절하고 섬세하다. 할아버지의 목덜미는 어제 본 히말라야의 어떤 능선처럼 굴곡이 심한데 버스는 느리고 느리다.

잠시 버스가 멈추었다. 그동안 사람들은 자루에서 터져 나온 곡식처럼 버스에서 나와 벼랑 위 길가 이곳저곳으로 흩어져 자신의 고단을 점검했다. 할아버지와 아이도 내렸다. 마주 보고 앉은 그들이 서로의 수고를 위로하고 서로에게 기대어 웃는 장면이 오래도록 내 안에 그림으로 남았다.

나무의 그림자만이 유일하게 시간을 어기지 않고 찾아오는 마당에 앉아 작은누나를 기다린다. 곧 도착한다는 연락이 없었으면 더 좋았을 것 같다고 생각하면서 대문 밖을 서성인다. 한 달에 두어 번, 어떤 때는 매주 식재료를 싣고 온다. 인터넷으로 주문하면 된다는 말에도 아랑곳하지 않고 찾아온다. 부산에서 밀양까지 성실한 배달원처럼 드나든다. 어떨 때는 큰형과 함께 또 어느 날은 큰누나와 함께 조카들을 동반하고 찾아오기도 한다. 동생이 혼자 지키는 집에 생기를 불어넣겠다는 의무를 가진 것처럼 느껴지는데, 때로는 한결같은 그 마음이 안간힘으로 보이기도 한다.

주말이 가까워지면 은근히 기다려지는 것도 사실이지만, 보고 싶으니 매주 오라는 부탁은 부담이 될까 봐 목으로 삼킨 적이 여러 번이다. 그만 와도 좋다고 말하려다가도 섭섭하겠다 싶어서 참은 적도 몇 번 있다. 이런 잦은 왕래는 내가 밀양으로 내려오고 나서야 그나마 가능해졌다. 그전까지는 휴가받은 군인처럼 가끔 가족들을 방문하거나 전화기 너머의 목소리를 듣는 것이 유일한 교류였다. 세상의 바깥을 떠도는 동안 가족들과 나의 물리적 거리는 지구 반대편의 거리만큼 멀어서 거의 남이나 다름없었다. 하지만 그들 중 누구도 나를 나만큼 등한시 한 적은 없다. 오히려 동생이 아니라 아들로 착각할 때가 있다. 실제로 몇 살 차이도 나지 않는 누나는 전화기 너머 또는 대문을 들어서며 "아들, 잘 지내나?" 하는 민망하면서도 얼토당토않은 소리를 아무렇지도 않게 하기도 한다. 처음에는 얼굴이 빨갛게 변했지만 이젠 그냥 웃는다. 이 모든 것들이 밀양으로 내려오고 난 후의 일이다. 없던 가족이 새롭게 생긴 것 같다.

누나는 들어오자마자 집안을 샅샅이 뒤집으며 청소를 한다. 작은 풀 한 포기까지 뽑아주고 간다. 이런 수고를 하는 누나에겐 죄송하지만, 누나에게는 또 너무나 자연스러운 일로 보여서 내 밑으로 동생이 없다는 사실이 약간은 다행으로 여겨지기도 한다.

어머니가 돌아가신 이후로는 배낭을 꾸릴 때, 가족이라는 단어는 가지고 다니지 않았다. 멀리 떠날수록 더더욱 가족이 없는 사람처럼 무심히 떠났다가 떠나지 않은 듯 돌아오기를 반복했다. 가끔씩 연락을 한 적도 없다. 여행을 떠나면 철저히 혼자가 되려고 애썼다. 친구가 아프다고 하면 밥을 사서 달려가거나 곁을 내어 지켜준 적은 있으나, 가족들은 아픈지조차 모르고 지날 때가 많았다. 간혹 그 마음이 돌부리처럼 걸려 죄책감이 들 때가 있기는 했지만 그저 그 정도였을 뿐이다.

잠시 여행을 접고 이곳에서 촌부로 사는 동안 그들이 내게로 와서 여행자처럼 잠시 머물다 간다. 머무는 동안 우리는 여행 이야기가 아니라 내가 여행하는 동안 만들었던 공백에 관해 이야기를 나눈다. 우리가 모두 어렸을 때의 이야기나 나만 기억하지 못하는 사소한 이야기들을 밤안개처럼 낮고 고요하게 피워 올린다. 늘어놓고 보면 모두가 마음에 있던 말들이었다.

별일 없는 일상을 나누는 일. 오늘 반찬은 뭐였는지, 산책은 어땠는지. 매일 묻는 말을 또 묻고, 궁금하지도 않은 것들을 궁금한 척 물어주는 사이. 그런 게 가족이다. 따지고 보면 우리가 나누는 대부분의 대화는 가족으로부터 배운 것이다. 우리는 그런 무리가 없는 순한 말들로 간격을 좁혀 나가고 있다. 무심코 말한 어떤 감정들은 너무나 귀하게 느껴져 바위 위로 내려앉는 눈의 입자처럼 금방이라도 사라질 것 같아서 조금 더 자주 소식을 전해야겠다고 생각했다. 내게도 이런 마음이 있었구나. 아직 있구나. 다행히 사라지지 않았구나 하는 생각을 늦은 밤까지 하다가 잠이 든다.

오래도록 내가 나에게 취해 사는 동안 이처럼 다정하고

살가운 사람들을 기억하지 않았다. 데리고 다니지 않았다. 피를 나눈 사이는 정성을 들이지 않아도 나빠질 일이 없다고 여기지만 그렇지 않다는 걸 자주 깨닫는다. 기억에는 없지만, 한때 우리는 같은 지붕 아래 지금처럼 낡은 구들장에 등을 대고 나란히 누워 같은 천장을 바라보며 살았을 것이다. 이런 사소한 일을 겪으며 나는 이제서야 사람이 되어 가는 중이다. 동굴 대신 산속 작은 마을에 들어앉아 쑥이나 마늘 대신 가족들의 따뜻한 말을 까먹으며 사람이 되어 가는 중이다. 바르게 낳아주셨으나 반듯하게 자라지 못한 책임을 통감하며, 이제라도 사람처럼 살아야겠다. 아마도 사는 동안 새로운 가족을 꾸리는 일은 없어서 더 완전한 사람이 될 가능성은 적겠지만 그래도 조금은 나아지는 내가 될 수 있겠지.

간혹 이 작고 낡은 집에 어머니를 모셔 놓고 같이 산책을 하고 마주 앉아 밥을 먹게 된다면 얼마나 좋을까 하는 상상을 한다. 흐르는 물처럼 사랑이라는 것도 거꾸로 오를 수 없는 것이라 내가 받은 사랑의 양을 능가할 순 없겠지만, 언젠가 그런 날이 오지 않을까 하는 따뜻한 상상을 한다. 내가 그날의 낡은 버스에 탄 노인이 되고, 어머니는 아이가 되어 불편한 자세를 바로잡아주고 체온을 나누는 일. 이미 흘러가 버린 히말라야 설산의 구름처럼, 다시는 돌아오지 못할 것들을 밀양에서 생각하는 일이 잦다.

내 마음을 노랗게 물들이는 깃발

"보이는 대로,

그대로 믿을 수 있다는 것은 삶을 얼마나 수월하게 하는가."

우연이라 생각했는데 그러기엔 세월의 흔적이 너무 짙어 필연처럼 느껴지는 인연이 있다. 인연은 숙명이 되기도 하니까, 숙명은 계산된 것이 아니라 순전히 우연일 수도 있겠다. 내가 이 은행나무 아래 서서 떠올리는 이런 생각조차도.

봄이었다. 푸른색이 아니라 말 그대로 하늘색으로 연하게 펼쳐진 하늘을 향해 힘차게 뻗어있던 은행나무 가지들은 지상의 마지막 경계처럼 든든하게 집 앞을 지키고 있었다. 대문 앞에 쪼그리고 앉아 올려다보면, 하늘에 그어진 철조망 사이로 드문드문 구름이 걸리기도 했다. 이름 모를 나라의 국경에 자리 잡은 출입국 관리소처럼 세 그루의 거대한 은행나무는 빈 여권에 도장을 쾅! 찍듯 순식간에 싹을 틔우고 잎을 달았다.

비 오는 밤에는 가로등 불빛을 부채질하며 찬란하게 빛을 반사하던 무수한 잎들. 늦여름까지 시원하게 그늘을 만들어 주던 푸른 잎들은 하늘로 열기를 쫓아내며 작은 집을 지켜냈다. 하늘이 점점 높아져 푸른 바다색을 띨 때, 동전 같은 노란 나뭇잎들이 짤랑거리며 손뼉을 친다. 몇 날 며칠 동안 쏟아져 내리는 황금의 잎을 보며 저 잎들이 모두 돈이라면 얼마나 좋을까 하는 천박한(?) 생각을 하기도 했다.

지금을 위해 모든 것을 계획한 치밀한 연출처럼 그 누구도 흉내 낼 수 없는 풍경이 내 집 앞 골목에 펼쳐지고 있다.

은행나무는 나를 따라서 내려온 걸까? 내가 은행나무 곁으로 다가선 걸까? 나무와의 인연이라니. 우연이라 생각했지만 확실히 필연이다. 이전에 살던 성북동에서 나를 따라 성큼성큼 걸어 온 것만 같은 거대한 크기의 이 노송은 서울의 집 앞 골목을 지키던 은행나무와 모든 것이 닮았다. 그래서 낯설지 않고, 만났을 때 호들갑 떨지도 않았다.

집 앞 골목에 국경 수비대처럼 나란히 줄지은 나무. 나는 오래된 나무의 영험함을 안다. 다녀오겠다는 인사도 없이 세상을 떠돌다가 불현듯 돌아온 지친 저녁에도 늘 같은 모습으로 서 있던 성북동 내 집 앞 은행나무. 내 마음을 노랗게 물들이던 거대한 깃발. 산골의 이 작은 집 앞에도 약속이나 한 것처럼 서 있는 세 그루의 은행나무는 얼마나 든든한 깃발인가. 태어난 자리를 단 한 번도 떠나지 않고 그대로 늙어가는 삶처럼, 떠난 적이 없어도 세상의 모든 것을 이해하는 것처럼. 나도 이 나무 그늘에 오래도록 살아 여기 이 작은 마을의 이야기에 귀 기울이고 싶다.

낯선 봄과 뜨거운 여름 그리고 아름답게 쏟아지는 가을, 잎을 다 털어낸 혹한의 겨울에도 우리, 무너지지 않고 쓰러지지 않을 마음으로 매일 인사하자. 다가오는 모든 일을 너처럼 담담하게, 보이는 것들을 보이는 대로만 믿어도 충분한 이곳은 얼마나 수월하고 평화로운가. 아! 저기, 골목에 펼쳐진 황금의 융단 위로 걸어오는 사람은 누구나 다 아름다워라.

우리 이제 함부로 흔들리고 쉽게 현혹되는 사람이 되지 말자. 세상이 주는 그대로를 받아들이며 지금의 내가 가장 행복해질 마음으로 살자. 그대가 어느 날 이 노란 깃발을 알아본다면 우리가 함께 나누던 서울의 밤들을 여기서도 충분히 이야기할 수 있으리라. 그때에도 우리의 마음은 여전히 선명하게 빛날 것이라고 믿는다.

어쩌면 거짓인 말, 그것마저 사랑이다

"고의로 하는 짓도 모두 사랑이다."

자주 생각한다는 말이 사랑한다는 말보다 더 절실하게 느껴질 때, 우리는 아무리 멀리 있어도 상관없다. 고의가 아니면 그렇게 말할 수 없기 때문이다.

'사랑'이라는 단어가 빠진 문장에도 사랑은 난무한다. 우리는 멀리 있어도 서로를 넘나드는 마음은 어쩔 수가 없는데, 일부러 분실하듯 흘려놓는 말들이 오히려 애틋하고 예쁘다. 거짓말이라도 아름다우면 되는 것이다.

나는 날마다 불리하다고 생각했다. 나는 날마다 손해 본다고 생각했다. 아무것도 할 수 없어서 당신밖에 생각할 수 없다면, 그것은 처절이라 생각했다.

당신은 도시의 화려하고 복잡한 거리를 걸으며 많은 사람 속에서 나를 생각한다고 했다. 나는 아무도 없는 이곳에서 오로지 당신만 생각하며 걷는다. 그래서 내가 더 고맙다. 일부러 흘려놓은 말, 어쩌면 거짓인 말, 그것마저 사랑이라 생각될 때가 있다.

사람의 일, 마음의 일

나는 이 마을에서 가장 늦게 자고
늦게 일어난다.
나태와 게으름을 가졌고
비루한 지구력을 겸비했으며
덕분에 늘 할 일이 없다.
정해진 시간이 없고
계획할 계획조차 없다.
생활의 지혜라는 것 자체가 없으며
소통 불가능한 이해력을 보일 때가 있다.
대화의 절반은 질문이고
누구에게도 도움 되지 못하는 개인기만 가졌다.

그런데도

사랑받고 있다는 느낌은 뭘까?

여기라서 가능한 일이다.

세상은

이토록 절망의 나락에서도

한 줄기 빛과 같다는 걸 느끼게 해주는 것.

역시, 사람이며

사람 안의 마음이기 때문에 가능하다.

얼른 밀양행 기차를 타라고 해야 했나?

"아닌 척 마시라,

당신도 그런 사람이다."

볼일을 보러 일어난 새벽, 화장실 창 너머로 보이는 마당에 안개가 자욱했다. 안개가 짙으면 그날은 더없이 맑은 하늘이라던 노인의 말이 떠올라 문득 재약산에 가야겠다고 생각했다. 이대로 다시 잠들 수는 없을 것 같았다. 이처럼 가을엔 자주 즉흥적인 마음이 든다. 느닷없이 감기가 찾아오는 것처럼 말이다. 그럴 때면 약을 먹듯 배낭을 꾸리는데, 처방전이 성공한 듯 느껴져 마음이 좋아지기도 한다.

만나기도 전에 사랑할 준비가 된 것처럼

새벽의 빛들이 드문드문 그림자를 만든다. 단풍으로 붉어지는 산들은 촌스러운 달력 사진 같지만 그래도 제법 눈길을 끈다. 단풍들의 농도는 능선마다 다 달라서 차를 자주 세우고 감탄한다. 표충사 진입로에서 갈라져 구천계곡으로 깊어지는 길은 계속 오르막이다가 놀란 뱀처럼 갈지자를 그으며 도래재를 넘는다. 길이 높아질수록 친한 사람들이 생각이 난다. 현실의 능력은 부족해도 마음조차 빈곤한 사람은 아니구나 싶어 그나마 다행인 삶이다. 자랑할 만한 것이 없는 생활에 내세울 거라곤 주변 풍경들뿐이라지만, 그래도 이 정도면 친한 사람을 불러다 놓고 허세를 피울 수도 있겠다는 생각이 들었다. 여하튼 풍경을 보며 반성하고 계획할 수 있다는 것은 책을 뒤지는 일보다 낫다. 길 위에서 배우는 일은 더욱 내밀해서 여행도 좋은 공부가 된다.

이 구간은 단풍이 심하게 들 때면 천천히 걷기만 해도 온몸이 붉게 물들고 마음이 취한다. 자칫하면 단풍에 홀려 방향을 잃고 주저앉는다. 그리고 금방 행복해진다. 새로 도로가 뚫리면서 지금은 소외당한 도로가 됐지만 덕분에 나만 아는 은밀한 길이 되어 자주 이 고개를 넘는다. 도래재 정상에서 얼음골 방향으로 펼쳐진 과수원에는 단풍보다 먼저 현란하게 물든 붉은 사과들이 새콤한 바람을 일으키고 있다. 언뜻 보면 점묘파 화가들이 찍어 놓은 붉은 점들 같다. 언젠가 지인들에게 세상에서 제일 맛있는 사과가 얼음골 사과라는 검증되지 않은 말을 사과 상자 안에 함께 부쳤지만 그건 사실일지 모른다. 이 계절, 이 풍경으로 한 알 한 알 맺힌 사과인데 어찌 맛이 없을 수가 있겠나.

천황산에 도착하기도 전부터 마음이 들쑥날쑥 한다. 세상이 모질고 생활이 힘들지만 이 골짜기는 이토록 찬란하고 풍요롭다. 이건 아마도 내 것이 아니라 가능한 일일까? 진정 그런 것인가? 그냥 보는 것만으로 내 것이 되는 계절이라면, 이 가을을 전부 훔칠 마음으로 달려 본다. 그럴 생각이다. 보는 동안 내 것이라 우겨 볼 생각이다. 그 정도는 가능하지 않겠나. 만나기도 전에 이미 사랑할 준비가 된 것처럼.

지나온 모든 길은 아름답다

얼음골 입구부터 눈길을 끄는 것이 있다. 허공에 매달린 거대한 집. 하늘 아래 아스라이 그어진 줄을 따라 서서히 오르내리는 케이블카를 보면 오금이 저린다. 재약산을 향해 이어지는 허공의 길은 현실의 눈높이를 벗어나 있다. 땀 한 방울 흘리지 않고 무릎 한 번 꺾지 않고서도 빠르게 도달할 수 있는 것이다. 승강장을 출발한 케이블카가 계곡을 건너 서서히 정상을 향해 오르는 동안, 1초도 한눈을 팔 수 없다. 나무의 꼭대기와 먼 산의 정상들을 한눈에 담을 수 있는 높이에 이른 사람들은 그동안 자신에게 없던 능력을 새롭게 부여받은 것 같은 마음이 든다. 풍경에 눈을 주다 보면 어느새 상부 승강장 정상이다. 케이블카에서 나온 사람들은 비행기에서 내려다보듯 자신이 지나왔던 길을 본다. 아름답다. 이미 지나온 모든 길은 아름답다. 새로운 높이에서 보는 과거의 길이 이토록 아름다운 건 얼마나 다행인가. 저 멀리 남명초등학교를 중심으로 회오리처럼 고도를 높이며 솟아오른 산들이 영남알프스를 이루어 울산 방향으로 가고, 창원과 진주, 부산 그리고 대구 쪽으로 장황하게 흘러간다. 동양화처럼 부드럽고 사진처럼 선명한 동남부 최남단 산맥들의 비경을 이리도 수월하게 감상할 수 있다.

상부 승강장 광장에서만 시간을 보내도 천상의 풍경을 느낄 수 있지만 승강장 귀퉁이에서 시작되는 목책을 따라 재약산 정상까지 이르는 길을 가보시길. 조금의 땀만 흘리면 된다. 숲속으로 이어진 이 길은 너무 친절하고 안전해 길을 만든 사람들의 노고에 감탄하게 된다. 가지런히 놓인 계단을 오르내리다 보면 진달래 터널과 만난다. 봄이면 주홍빛 진달래가 지천으로 핀다. 오래된 나무껍질에는 여름 안개의 흔적들이 물들어 있다. 진중한 선배의 따뜻한 이야기를 듣는 것 같은 아담

한 산책길이다. 숨이 찰 때쯤, 이쯤에서 쉬어갈까 하는 마음이 드는 지점이 나온다. 하지만 정상까지 곧장 가기로 한다. 이곳에서 쉬어 가는 사람들은 대부분 사랑하는 사람들과 함께 온 이들이다. 그들은 모두 팔짱을 끼고 다정한 시간을 보내고 있다. 곧바로 정상에 오른 사람들 대부분은 혼자 온 사람들이다.

자주 아름다운 곳으로 떠날 일

세상의 모든 꼭대기가 그러하겠지만 정상은 바람이 세다. 억새들이 수미봉 방향으로 이어지는데, 지천으로 피어난 억새는 가을의 가장 확실한 증거다. 바람의 방향을 따라 쉴 틈 없이 흔들리며 끊임없이 이어진다. 해발 800미터의 평원에 펼쳐진 우리나라 최대의 억새군락. 사자봉과 수미봉을 시작으로 능동산, 신불산, 취서산 등 아름다운 산들에 둘러싸인 이곳은 어쩌면 하늘에서 내려다보면 거대한 둥지처럼 보일 수도 있겠다.

사람들은 억새밭을 걷겠다고 왔다가 정상에 서면 그저 천상의 둥지를 바라보다가 가는 일로도 충분하다 생각한다. 풍경은 파노라마처럼 펼쳐진다. 반나절도 안 되는 시간 만에 나는 저 아래 인간계에서 우러러보던 천상의 자리에 섰다. 가능한 일인가 싶지만 가능하다. 새벽 볼일을 보러 나갔다가 봤던

안개로 인해 마음이 동요된 것처럼.

이곳은 재약산 정상. 설명할 수 없는 아름다운 풍경이 사방으로 펼쳐진다. 그 아름다움이 무뚝뚝한 경상도 사나이들에게 통화 버튼을 꾹 누르게 하고, 사랑하는 사람에게 사랑한다고 말하게 만든다. 수만 송이 억새들의 환호를 받으면 누구나 다정하고 순한 사람으로 변해 사랑하는 사람을 먼저 떠올리는 모양이다.

당신도 분명 그러할 것이다. 그러니까 우리, 자주 아름다운 곳으로 떠나자. 계절과 풍경은 아직도 당신이 충분히 아름다운 사람인 것을 알게 해준다. 깊어가는 계절의 가장 안쪽을 걸으며 손을 잡은 사람들. 사랑은 흔해도 아름다운 것이다. 다만 내게만 어려운 것일 뿐.

샘물상회에서의 오후

여름, 억새가 자라기 시작한 때부터 찾아갔던 사자평, 절정의 계절에 왔으나 억새의 전생까지 경험한 사람처럼, 이제 더 이상 관심이 없다는 듯 사자평까지는 내려가지 않았다. 사자평의 광활한 가을 억새는 먼발치에서 보고 말았다. 삼삼오오 짝을 지어 연애하듯 억새밭을 누비는 사람들의 행렬을 따르는 것보다 샘물상회의 따끈한 라면이 더욱 간절했기 때문이다.

케이블카 상부승강장에서 사자봉으로 조금 걷다 보면 억새밭처럼 낮게 엎드린 샘물상회가 나온다. 재약산 일대의 여러 봉우리를 대표하는 쉼터다. 산중에서 샘물상회라는 이름보다 더 적합한 이름이 있겠는가. 세상 여러 나라들을 다니며 여러 종류의 상호를 만났지만 이처럼 소박하고 따뜻한 이름은 없었던 것 같다. 무지개 호텔이라든지 천국 또는 행운 카페 심지어 밥 말리나 동물 이름을 차용한 곳은 많이 봤지만, 이곳처럼 절묘한 위치에 적당히 자리 잡은 이름이 있을까. 급하게 하산하고자 했던 것은 샘물상회에서 만나는 억새밭도 더없이 좋은 그림이 된다는 것을 알고 있었기 때문이다. 주방의 수증기 속에서 뜨끈한 두부를 썰고 계시는 주인장을 바라보니 새벽 마당의 자욱한 안개가 생각나서 환하게 웃는 얼굴로 라면 한 그릇을 주문했다. 버스를 이용했더라면 막걸리와 두부가 더 어울리겠지만, 홀로인 여행자에겐 꼬들꼬들한 면발의 위로만으로도 충분하다.

산을 좋아하는 사람들은 공기를 마시듯 술을 마시는 사람들인가, 하는 생각이 들 정도로 재약산을 찾는 사람들은 이곳 샘물상회의 손두부를 피해 가지 못하고 막걸리를 건너뛰지 못한다. 탁자에 앉아 창 너머로 바라보는 풍경은 막걸리를 먹든 라면을 먹든 어묵을 먹든 중요하지 않다. 사자평에 다녀온 사람들은 플라스틱 창 너머로 보이는 오후의 억새를 보며 막걸리 한 잔으로 스스로의 시간에 건배한다. 그래서 오후의 샘물상회는 어느 계절이든 가을이다. 울긋불긋 마주한 얼굴은 서로가 서로에게 가을이다. 사실 그건 좀 부러웠다. 날마다 날짜만 헤아리다 미루고 미루는 일들은 여행을 싫어해서가 아니라, 생활이 녹록지 않아서라는 걸 안다. 이런 일상에서 겨우 짬을 내어 좋은 계절을 사이에 두고 서로가 서로에게 보약 같은 위로를 전하고 있으니, 이는 정말 인생의 시원한 샘물이 맞겠다.

사람들은 해가 지는 반대 방향으로 줄지어 하산했다. 그 누구도 비틀거리는 사람이 없었다. 세상 풍파에 흔들리거나 휘어져도 부러지거나 쓰러져 본 적 없는 억새처럼 모두가 그런 사람들 아니겠나.

산에서 내려오니 얼음골 계곡으로 이어진 굴곡을 따라 단풍처럼 붉은 저녁이 오고 있다. 매일 만나는 노을에도 호들갑스럽게 목청을 높이던 누군가가 생각나서 도래재 정상에 차를 세우고 전화를 걸었다. 이런 풍경들을 나눌 길 없는 신세는 샘물상회 귀퉁이에 앉아서 겨우 라면을 놓고 남의 건배를 훔쳐보는 사람의 신세와 다를 바 없지 않겠나. 앞뒤 설명도 없이 "세상에서 제일 맛있는 얼음골 사과 한 박스 보내줄까?" 했더니 "괜찮다"라는 대답이 돌아왔다. 그래, 그럼 언제든 생각나면 연락하라는 말로 다시 시동을 걸고 고개를 넘는다.

차라리 계절에 관해서, 사자봉 정상의 파노라마에 관해서, 샘물상회에 비어 있던 옆자리에 관해서 이야기해야 했던 건가? 그냥, 얼른 밀양행 기차를 타라고 해야 했나?

어느 흐린 날 커피를 볶는다

"나는 지금 어느 대륙의 낯선 오후를 즐기고 있다.

커피를 볶으며 당신을 생각하고 있다."

흐린 날 마당에 앉아 커피를 마시며 커피를 볶는다. 일주일 마실 분량의 원두를 두꺼운 팬에 쏟으니 소나기 오는 소리가 났다. 그래서였는지 하늘이 조금 더 무거워졌고 등 뒤에선 바람이 불었다.

과테말라를 마시며 예가체프를 볶는다. 가 본 적도 없는 두 나라 사이의 먼 거리를 볶는다. 흐린 날에는 예가체프만 한 게 없다며 열심히 볶는다. 커피를 볶는 날에는 언제나 어느 대륙의 낯선 오후에 도착한 기분이 들었다. 정확하게 어딘지도 모르는 어느 지점. 굽은 등짝에 빗방울 하나가 떨어지듯 애매한 어딘가. 정확히 닿을지 그렇지 못할지 가늠하기도 힘든 어딘가. 그 어딘가.

여행의 발상은 늘 그렇게 시작되곤 했다. 끝내 그 몽환의 지점이 현실이 되고 마는 일을 떠올리며 커피를 마시기 시작하는데 비가 온다. 역시나 흐린 날에는 낮고 고요한 예가체프를 마셔야 한다며 허세를 부리는 오후. 가본 적도 없는 그곳에 나는 이미 도착했다.

여행은 늘 그렇다. 가끔, 커피는 여행으로 우리를 안내한다. 여행이 커피를 동행시키기도 한다. 그러다가 음악이 나를 끌고 간 곳에서 오래도록 짐을 풀고 살고 싶기도 하다.

마음과 같이 걷기

"날마다 좋아지고 싶었다. 그래서 산책하기로 했다.

나는 날마다 착한 사람이 되어갔다."

이어폰 속의 음악이 물결을 타듯 오르락내리락 발걸음을 부추긴다. 오르막이 시작되기 전부터 흘러나온 숨 가쁜 음들이 누군가의 힘이 가해지는 것처럼 등을 떠민다.

걷는다는 것은 다녀오는 것이다. 내가 나에게 다녀오는 일이다. 걷는 것은 현재지만 걷는 동안 과거와 현재와 미래가 늘 공존한다.

걸어가는 거리만큼 날마다 좋아졌다. 때로는 다녀와서도 돌아오지 못한 마음을 수습하기가 힘들었지만 그마저 좋게 생각되었다. 날마다 좋아지고 싶었다.

초대받은 적 없는 시간을 걷는 동안에도 소외되지 않고, 잠든 사이 일어난 변화에 귀 기울여 대화하는 동안 세상은 조금 더 따뜻해졌다. 세상에 흩어진 마음을 주워 모아 고작 그 마음만 들여다보며 위로하는 일이 무슨 대단한 일일까 생각하지만, 나만 아는 느낌을 따라 걷노라면 조금 더 나에게 관대해지는 것을 느낀다.

험한 세상에 부대끼며 먹을 것을 물어 오는 뿌듯함도 좋은 일이겠으나, 나는 모험하지 않고 그냥 산책하기로 했다. 날마다 걸었다. 칭찬받을 일 없고 위로받을 일 없는 생활에서 자축하며 걷는 일은 불로소득처럼 든든하다.

매일 같은 길을 걷기 위해서는 생활과 조금 떨어진 거리, 그러니까 마음속의 거리를 걷는 수밖에 없었다. 지금은 걸을 수 없는, 이미 걸어왔던 좋았던 길들을 생각하며, 자주 그곳에서 걷듯 걷다 보면 가끔 착한 사람이 되기도 했다.

무덥고 어두컴컴한 인도 바라나시의 깊은 골목과 빌딩이 밀림처럼 우거진 뉴욕의 거리. 그리고 축복처럼 탄성을 자아내던 남미의 길고 거친 길들을 떠올리며 걷다 보면, 어느새 처음 배낭을 멘 여행자처럼 순하고 조심스러운 마음이 들기도 했다.

그렇게 현재를 걸으며, 과거를 떠올리며, 앞날을 위로하는 일. 다행이라 생각했다. 아무런 소득 없이 소비만 하는 삶, 하지만 바닥나지 않던 길 위의 일들. 쓸데없다, 부질없다 생각하지만 나는 그렇게 살아왔다. 세상에 보탬이 되지 못하고서 한평생을 살았다. 그러고도 멈추지 못해 여전히 걷고 있다.

살던 곳을 버리고 새로운 터전을 마련하는 동안 무작정 걸으며 내 안의 동력을 부추긴다. 날마다 발자국으로 일기를 쓰고 반성문을 쓴다. 모두 걸음에서 비롯된 마음의 말들이다. 걷는 동안 마음은 좋아지고, 좋아진 마음으로 살아가다 보면 세상의 구원을 받지는 못해도 내가 나를 이해할 순 있지 않을까.

누군가에게 슬며시 팔짱을 끼듯 일러주고 싶었다. 언젠가 나와 함께 잠시 걷자고. 걸으며 아무 말이 없더라도, 걷다 보면 당신은 좋아질 것이라고. 당신은 당신을 더욱 사랑하게 될 것이라고.

내가 나와 함께 다녀오는 길. 바깥과 안으로 넘나들며 심장은 튼튼해진다. 그 심장으로 아무렇지 않게 살 수 있길. 그대, 걷자. 좋아지고 싶다면 그대 바깥으로 나와서 걷자. 마음의 일들과 동행하며 자주 걷자.

그러니까 너무 걱정하지 말고

"괜찮아, 스스로 아름다우면 되는 거니까."

쓸어도 쓸어도 끝없이 떨어져 내리는 낙엽들을 미련하게 쓸고 또 쓴다. 거대한 은행나무가 털어내는 계절의 비늘. 은행잎은 겨울로 가는 버스의 승차권 같다. 노랗게 물든 골목은 가을과 겨울 사이, 잠깐 우리가 모르는 또 하나의 계절이 진행되고 있는 곳으로 들어가는 입구처럼 찬란하다. 이렇게 낙엽을 쓸다가 어느 지점에선가 문이 열리고 홀연히 그 속으로 사라진다면 그곳도 이곳처럼 아름다울까? 날마다 꿈속의 꿈처럼 현실과 비현실의 경계를 허물듯 계절이 저물어가고 있다. 이쪽이든 저쪽이든 어디든 스스로 아름다울 수 있다면 그곳이 꽃자리 아니겠는가.

대문 앞, 겨울이 거의 다 도착했다. 한 번도 경험해 보지 못한 계절이지만 걱정하지 않기로 했다. 세상은 생각보다 무심하지 않을 것이고, 떨어진 낙엽을 쓸며 좋았던 것들을 떠올리며 살아가면 되는 것이다. 겨울 빈 가지에는 봄이 되면 다시 싹이 틀 것이다. 그러니까 너무 걱정하지 말고, 앙상한 가지 사이로 관통하는 태양의 온도를 만지는 일로 다가오는 계절을 견디고 살자.

4장

겨울 지나 다시 봄

신중히 걸어
당도한 마음

새벽에 펄럭이는 마음

"거친 바람 소리에 깨어 삶을 자책한다.

나는 누구에게 비닐 한 장 만큼의 온기를 준 적이 있었던가."

잠든 지 겨우 두 시간. 바람 때문에 깼다. 무섭고 날카로운 겨울바람이다. 침실 유리창에 붙여놓은 방풍 비닐이 온 힘을 다해 펄럭인다. 덕분에 꿈인지 생시인지 구분 없던 피곤한 잠은 달아나고 말았다. 예민하다기보다 귀가 얇은 편이라 자나 깨나, 바람에게나 사람에게나 함부로 휩쓸리는 건 어찌하지 못한다.

심하게 부는 새벽바람이 누군가를 부르는 건지, 자신을 보라는 건지 알 수는 없지만 더러는 내 마음 같기도 하다. 용기가 없어서 대낮에는 아무 말도 못 하다가 모두가 잠든 새벽에 혼자 펄럭이는 아우성 같아서다. 하기야 내 마음이 한철 차가운 바람의 가림막으로 살다가 사라질 비닐 같기라도 하다면 그나마 다행이겠지만 작은 열기에도 견디지 못하고 쪼그라드는 나쁜 성격만 닮은 건 아닐까 하는 염려도 든다. 그래도 어떻게든 이 혹독한 겨울을 나보겠다고 얇은 비닐 한 장 붙여 놓고 안도하는 어리숙한 성실은 누가 보더라도 모자라는 인간이라 하겠지만, 그것마저 스스로는 최선이라 생각하며 위로한다.

나에겐 새벽이 자주 거대한 벽이고, 책상 위의 손바닥만 한 종이도 자주 거대한 벽이다. 종종 벽 앞에서 부리는 오기나 모험에 가까운 발악은 한 번도 벽을 무너뜨리지 못하고 자주 허물어진다. 이런 새벽에는 작은 소리에도 마음이 놀란다. 종이 한 장을 채우지 못해서가 아니라 종이로 칼을 만들 순 없을까, 종이로 집을 지을 순 없을까 하는, 종이를 벗어난 마음 때문이다. 고작 길 위의 이야기들을 주워 모아다가 모닥불 같은 글을 쓰는 일이 전부인 것을. 그 모닥불마저 제대로 지피지 못한 날에는 작은 소리에도 마음이 이리저리 휩쓸려 다닌다.

추수를 끝낸 마을 사람들의 밤은 바람 소리에 깨지 않는다. 깊은 잠은 열심히 살아낸 자들의 특권이다. 하지만 나는 지킬 곡식도 없고 앞으로도 뿌려야 할 씨앗도 없는 형편이라 여전히 사소한 것들에 귀 기울이며 산다. 그렇게 살라고, 사랑하라고, 사람들이 보지 못하는 풍경들을 대신 전하라고 바람은 나를 깨웠을 것이다. 내가 가진 것이 있다면, 내가 사랑해야 할 것들이 있다면 이 계절에만 살아서 돌아다니는 단어들 아니겠는가. 이를테면 '겨울 새벽, 새벽바람, 바람을 따라간 밤' 같은 것들. 그것을 알라고 이른 새벽바람은 격렬하게 나를 깨웠을 것이다.

삶은 자신이 굴리고 가는 것들을 가장 소중히 여겨야 한다. 바람이 극렬하게 두들겨 대는 얇은 비닐 한 장은 자주 펄럭인다. 그 얇은 한 장의 비닐은 미약한 열기나마 품지 못하고 때로 바람에 쪼그라들지만, 그래도 이 어둡고 차가운 새벽을 지키는 안간힘이 있다는 걸 안다.

한때 사소한 나의 이야기들이 세상에 전혀 보탬이 되지 않을까 하며 새벽을 설쳤던 적이 많다. 기껏 라면 한 봉지나 푸성귀 한 잎 보다 소용없을 때가 있지 않을까 하는 죄책감에 눈뜨지 못하던 아침도 있었다. 하지만 이토록 얇고 허약한 비닐 한 장 같은 삶이라도 괜찮다는 것을 이제 안다. 부실한 비닐 한 장 덕분에 누군가는 떨지 않고 새벽을 보내고 있으니까. 이 정도의 쓸모라면 좋겠다. 서슬 퍼런 새벽, 잠들지 못하고 펄럭이던 마음이 있다.

눈물을 조금씩 장판 아래 모아두었다

"봄이 가면 여름이 온다는, 누구나 아는 그 사실은

사실 살아보기 전에는 아무도 모른다."

노동댁 할머니가 보행기를 밀고 오르막을 오르는 늦은 오후는 내가 뒷산에서 내려오는 시간인데 날마다 비슷한 곳에서 우리는 만난다. 산책의 3분의 1 정도 되는 지점이다. 제철 꽃과 무성한 잎이 한순간도 사라지지 않는 김일광 어르신 담벼락 혹은 수확 시기를 놓친 옥수수가 여물지 못한 채로 늙어가는 텃밭 근처다. 그쯤에서 마주치는 할머니는 늘 나주 정씨 재실 계단에 앉아 가쁜 숨을 몰아쉬면서도 하얗게 웃고 계신다. 주저앉아도 떨어진 낙엽 같지 않고 낮달처럼 말갛고 환하다. 우리는 간혹 그 계단에 나란히 앉아 아무도 지나가지 않는 비탈길을 잠시 바라본다.

할머니는 마을에서 가장 나이가 많은 분이지만 "할머니, 어쩌자고 날마다 점점 예뻐져요?"라는 버릇없는 말에도 호통이나 꾸지람 없이 언제나 웃는 얼굴로 화답하신다. 나는 그게 할머니의 건강 비결이라 생각했다. 가을에 구순 생신을 맞으셨지만, 구순이라는 나이가 얼마나 먼지 또 얼마나 가까운지 생각해 볼 필요도 없을 만큼 할머니의 웃음은 건강하다. 할머니의 얼굴에는 누구나 닮고 싶은 크기의 순함만 남았고, 걸음걸이는 달팽이처럼 느리지만 안전하다. 이런 할머니를 볼 때마다 현자의 뒷모습을 보는 것처럼, 신실한 종교인의 합장 앞에 선 것처럼 경건한 마음이 들곤 했다.

건강하게 늙는다는 것이 가능할까 하고 생각하던 때가 있었다. 늙는다는 것 자체가 건강과는 거리가 먼 단어라고 생각했기 때문이다. 그런 의미에서 할머니는 날마다 내게 좋은 것을 주고 계신다. 할머니를 볼 때마다 약이나 음식보다 좋게 한 번 웃는 것이 건강에 더 큰 효능이 될 때가 있다는 생각이 들기 때문. 건강하게 늙어가는 것도 가능하겠다 싶다.

물컵을 더듬다 장판 틈 사이로 축축하게 새어 나온 보리차를 만지고 내 눈물인가 놀란 밤, 불안을 베개처럼 베고 누워 내가 나를 본다. 우두커니 천장의 굴곡을 따라다니다 보면 간혹 시간이 멈추고 모든 것이 정지되는 때가 있다. 바람이라도

심하게 부는 겨울밤이면 어디에도 집중하지 못하고 긴 시간을 헤아린다. 1초가 하루처럼 느껴진다. 내가 아는 모든 과거를 나열하며 바람이 부는 방향으로 굴러다닌다. 이런저런 생각이 들 때마다 낮에 보았던 투명한 달처럼 환한 할머니의 얼굴을 떠올린다. 주름진 얼굴에 연하게 번지는 미소는 따뜻함을 전하는 달과 같아서 가족이나 친척이 떠올라 울컥한다.

어쩌다가 정말 내 할머니 같다고 생각하는 건 자주 만나다 보니 그럴지도 모른다. 아직 내게 다가오지 않은 일들을 이미 오래 전부터 지나 보낸 할머니는 기울어져 가는 몸을 이끌며 가만가만 오르막을 더듬는다. 할머니의 자세를 생각하면 마음 속 깊이 출렁이는 것들이 내리막을 내달리는 것처럼 쏟아진다. 정작 할머니는 늘 웃으시는데 나는 웃지 못한다. 이유를 알 수 없는 그 서러운 마음을 장판 아래 조금씩 모아두었다. 굽은 등처럼 휘어진 비탈의 낡은 집. 느린 걸음만큼이나 지루한 겨울밤. 할머니도 간혹 지나간 시간을 꿰매다가 눈물을 흘리실까?

"할머니 심심할 땐 뭐 하세요?" 그냥 여쭤본다. "가만히 있어." 하고 답하시며 또 웃는다. 가만히 있는 것이 심심해서 견딜 수 없는 나는 대답을 잘못하신 줄 알았다. "내 나이 돼 봐!" 하고 덧붙이셨다. 할머니는 긴 겨울밤, 방 가운데 바위처럼 우두커니 앉아 바람의 소리를 들으시는가, 아니면 그것마저 없이 그냥 가만히 그저 가만히 앉아 있는가. '가만히'라는 말에 관해 가만히 생각해보니 마음조차 움직일 수 없다는 뜻이 아닐까 하는 생각이 들어 더욱 쓸쓸해졌다.

아직 경험하지 못한 이곳의 첫 번째 겨울. 구십 번이 넘는 겨울과 그보다 더 많은 겨울밤을 지낸 마음은 바람이 불어도 휩쓸리지 않는가. 흔들리지 않는가. 불을 꺼도 잠들지 못하는 나의 밤은 순전히 경험 부족인가. 늙는다는 것은 두렵지 않으나 홀로 늙는다는 말이 어둠처럼 덮쳐오면 무참하다. '홀로'를 선택한 적은 없지만 누군가와 함께해본 지 오래된 옆자리는 공터처럼 넓은 공허다. 스스로 위로하며 버티는 삶은 훌가분하지 않고 거추장스럽다. 사실은 무섭기도 하다. 호기롭게 떠나와서 좋은 계절을 다 보내고 맞이하는 혹독한 겨울의 밤. 이토록 부실한 내가 이토록 허술한 나를 책임져야 한다는 게 말이 안 된다고 생각하지만 누구나 그럴 것이다. 혼자든 혼자가 아니든 사는 동안 누구든 그럴 것이다. "내 나이 돼 봐"라는 그 말씀에는 어떠한 장치도 없다. 과장도 없고 자만도 없다. 정말 그렇기 때문일 것이다.

이유를 모르고 태어나 늙어가는 동안 숱한 밤과 얼어붙은 시간을 보내고 나서야 비로소 봄이 오고 이내 여름이며 또다시 겨울이 되는 것, 살아보면 누구나 알게 되는 이 평범한 사실은 살아보기 전에는 알 수 없는 것이다. 지금 내가 밤마다 까닭을 알 수 없는 서러움에 뒤척이며 넣어둔 눈물들의 이유는 구순의 밤을 지나서야 겨우 알 수 있는 것일지도 모른다. 장판 위에 얼굴을 대고 심장 소리를 듣다 보면 눈물이 강이 되는 밤도 있을 것이다. 그러나 묻어 두고, 깔고 뭉개다 보면 어쩌다 사라지기도 하는 날도 오겠지. 그러기 위해 할머니 꽁무니를 따라다니며 알음알음 알아가는 중이다. 별일 없다면 내일도 비탈길 그곳에서 우리는 만날 것이다. 가능한 한 자주 만나서 당신의 웃는 모습만 보고 따라 웃을 수 있는 날들이 오래오래 이어지길 바랄 뿐이다.

나를 향해 아름답지 말 것

"우리는 별처럼 멀리 떨어져 스스로 빛난다."

그냥 아는 사람일 뿐인 사람들에게 친구가 되기를 강요하거나 가족처럼 굴려고 했던 게 부끄러워 번호를 지워가는 밤. 검은 밤하늘에 송곳에 찔린 듯 삐져나온 별이 찬란한데, 밤하늘 어느 구석에서 하나의 삶이 지워지듯 별이 길게 진다.

별의 값어치는 멀리 있어 더 고귀하다. 의도하지 않았지만 빛나는 일은 누군가에게 갚을 수 없는 빛이 되거나 아픔이 될 수도 있는 일. 별처럼 먼 간격에 오히려 안도한다. 그러니,

바라건대, 나를 향해 함부로 아름답지 말라. 살갑지도, 따뜻하지도 말라.

월연대 단출한 한 칸처럼 살 수 있다면

"삶의 품위란 어디에 살든 자신을 잃지 않는 것.

강물에 흔들거리는 달은 잡을 수 없지만, 바라보는 것만으로도

우리는 좋아질 수 있다. 당신은 지금까지 충분히 수고했다.

그러니 우리 이제 아우성에서 벗어나 조금 더 천천히 걷자."

가을의 은행나무가 걸작인 금시당今是當 뜨락엔 대도시에서 벌어지는 특별전시회처럼 사람들의 왕래가 끊임없이 이어지고 있었다. 저마다 앞다투어 뜰 안에 삼각대를 세우고 경쟁하듯 사진을 찍었다. 자리싸움을 하고 서로 신경전을 펼치며 언성을 높이는 탓에 나는 오후에 발걸음을 돌려야 했다.

사람들은 쉬지 않는다. 쉴 때도 일처럼 쉬는 사람들이 많다. 사람들은 결과나 성과 없이 여행하지 않아, 여행지에서마저 제대로 된 휴식을 갖지 않는다. 성과를 내려다가 여행의 효과를 잃을 때가 많은데 그건 각자의 몫이니 뭐라 할 수가 없겠다. 어떤 일이든 결과를 가져오게 되어 있는데, 우리는 그걸 나중에 알 수가 있는 것이지, 지금은 모른다.

금시당을 나서서 월연정에 이르는 구간은 〈탐경가〉를 두어 번 들을 수 있는 거리다. 세상을 유람하며 탐욕을 던진 농익은 소리를 듣다 보면 갑자기 늙어버린 사람처럼 허리가 숙여지곤 했다. 나는 내 집 마루가 아닌 고즈넉한 쌍경당 마루에 앉았는데, "인간의 영화 부질없다. 경치 따라 탐경探景 하자"는 노래는 반복되어 강물처럼 흐른다.

월연정 쌍경당은 누구나의 섬이다. 월연 이태 선생이 벼슬을 버리고 낙향하여 지은 새로운 세상이다. 물에 비친 달은 거울에 반사된 것처럼 하늘의 것과 한 쌍을 이루는데, 자고로 이곳에 앉아 있으면 마음을 거울처럼 맑게 닦을 수 있다고 전해온다.

이곳 마루는 시내에 장을 보러 나갔다가 집으로 돌아가는 길에 가끔 앉아 쉬었다 가는 곳이다. 대청마루 끝에 걸터앉아 사야 할 것들을 빠뜨리지는 않았는지 영수증을 살피거나, 아무리 외우려 해도 외워지지 않는 시집을 뒤적일 때도 있다. 우리나라를 대표하는 정원 중의 한 곳인 월연정에서 이런 짓을 하다니 호사도 이런 호사가 없다.

그런데 지금은 혹독한 겨울이다. 차가운 바람이 빼곡하고 길게 빠진 기와 그늘이 허벅지에 걸쳐 있다. 새 한 마리 날아들지 않는 얼어붙은 정원. 동향으로 열려 있는 쌍경당 툇마루에서 내려다보는 밀양강은 꼼꼼하게 발라 놓은 시멘트처럼 빈틈없이 흐른다. 수면 위로 햇빛이 찬란하게 쏟아질 때는 수천 마리의 나비가 한꺼번에 날아오르는 것처럼 보이기도 한다. 나비가 날아간 쪽으로 소실되어 가는 산들은 낮잠처럼 둥글고 아득한데, 그 사이에서 뛰어나오는 바람은 고래의 울음처럼 우렁차기도 해 놀랄 때가 있다.

아무래도 여기는 다른 세상 같다. 이곳에 올 때마다 이런 생각을 한다. 여기는 환상의 정원 같다. 그리고 섬 같다. 세상의 모든 인적 드문 곳은 섬일 테지만 이곳은 처음부터 섬이었던 것 같다. 아무도 찾지 않는 겨울 오전의 정원, 월연정. 쌍경당 마루 끝에 앉아 햇볕을 유영한다. 밀양에서의 네 번째 계절이지만 나는 여전히 정착하지 못한 사람처럼 떠다니고 있다.

사표를 내고 동남아의 어느 섬으로 떠난 후배가 보낸 문자를 다시 읽어 본다. 온화한 그곳의 날씨를 더 잘 알기에 읽기가 더 힘들었다. 일의 바다에서 끝없이 헤엄치던 후배가 도착한 곳은 머나먼 섬이었다. 왜 하필 그곳이냐고 물으니, 물속의 세상이 궁금해서 스쿠버다이빙 자격증을 따기 위해 그곳을 선택했다고 했다. 왜 목소리가 무겁냐고 물었더니 가족을 두고 떠난 일과 정해지지 않은 미래의 불확실한 일들이 날마다 마음을 흔든다고 했다. 그래도 다행인 것은 문자와 함께 온 사진에는 푸르게 반짝거리는 열대 바다가 있었고, 그는 빠르게 달리는 보트 위에서 환하게 웃고 있었다는 것.

점점 좋아질 것이라고 생각했다. 그에게 이국의 섬에 머무는 일은 예전부터 커다란 소망이었다. 높은 아파트와 거대한 빌딩을 넘나들며 발을 멈추지 않고 헤엄치며 사는 동안에도 그는 늘 그 꿈을 꾸고 있었다. 한 번도 경험하지 못한 세상으로 나아가는 일. 그 세상의 바닷속을 들여다보는 일. 그걸 이루기 위해 바다만큼 흘린 땀들. 커다란 세상의 짐을 대신 둘러맨 산소통으로 호흡하는 새로운 세상. 바닷속 좋은 것을 보는 동안에는 물 밖의 일에 대해서 고민하지 말라고 했다. 언제나 지금 바라보는 것이 유일한 사실이며, 그것이 너의 것이고 가장 아름답다고 말했다.

희생적인 사람들은 순하고 착해서 자신이 얼마나 힘들고 아픈지 말하지 못하고 지하실에 숨겨 둔다. 그리고 그 지하실에는 잘 가려 하지 않는다. 그는 지금 오랫동안 이루길 원하던 꿈속을 헤엄치는 중이다. 심해의 가장 아래보다 더 깊은 곳까

지 넘나들며 그가 지나온 길을 여행하고 있을 것이다. 부디 그가 어디서나 자유롭게 호흡할 수 있는 날까지 모든 일이 순조로웠으면 한다. 나는 그에게 손뼉을 쳤다. 그에게 손뼉을 치는 동안 내가 나에게 박수를 치듯 진심이었다. 봄이 오기 전에 돌아올 거라던 그가 조금 더 천천히 오길 바랐다. 그래도 된다는 것을 나도 경험한 적이 있기 때문이다.

그리운 것들은 항상 멀리 있다. 그의 문자를 읽는 동안 별이 짙어졌고, 나는 어딘가를 다녀온 듯한 마음이 되었다. 여전히 반복되고 있는 〈탐경가〉에 귀 기울이다 보니 몸과 마음이 조금씩 따뜻해지고 있었다. 아무리 혹한이어도 푸르름을 잃은 적 없는 댓잎 사이로 정오의 햇볕들이 파도처럼 부서지는 시간, 방향을 잃어가는 마음은 자꾸만 어느 바다를 건너고 있다.

사람들은 저마다의 가슴속에 자신이 닿고 싶어 하는 섬 하나를 두고 산다. 자신만 알 수 있는 섬이 가슴속 어딘가에 있어 날마다 파도처럼, 호흡처럼 드나든다. 그래야 우리는 겨우 살 수 있다.

쌍경당 넓은 마루가 강 쪽으로 열려있어 시야는 탁 트여 있다. 영화관에 앉아 있는 것 같다. 앉아 있기만 해도 좋은 생각이 스치고 여기서 잠이 들면 신비로운 꿈을 꿀 것만 같다.

그렇지만 아무래도 월연정의 백미는 월연대다. 쌍경당과 고직사, 제헌 마당을 거닐다가 올려다보는 월연대 풍모는 가히 독보적이다. 백송 향기 진하게 서려 있는 언덕 위에 독야청청 서 있는 그 모습을 보고 있으면 저절로 흠모하게 된다.

월연대는 월연정의 우뚝 솟은 곳에 홀로 올라앉아 있다. 한 칸짜리 단출한 정자. 키 큰 사람이 누우면 머리와 발이 벽에 닿을 정도다. 어쩌면 내가 경험한 방 중에 크기가 가장 작을지도 모르겠다. 커다란 상자 위에 지붕이 하나 올라간 단순한 형식이다. 팔작지붕 아래 궤짝 같은 단출한 방을 툇마루가 둘러싸고 있다. 모든 곳은 숨길 수도, 숨을 곳도 없이 환하게 드러나 있다

곳곳에 풍경에 대한 정교하고 세심한 배려가 깃들어 있다. 햇살 들이치는 마루에 걸터앉으면 담장마저 무릎 아래쯤에 걸리고, 담장의 기왓장은 밀양강의 도도한 물결처럼 흘러간다. 사면이 분합문이라 문을 열어 두면 풍경이 방 안으로 들어온다. 그래서 모든 경치를 발아래 두기도 한다. 어떻게 이렇게 지었을까 하고 감탄할 수밖에 없다.

월연月淵, 달이 밝게 비친 연못과 같다 했다. 그곳에 앉을 때마다 욕심이 생겼다. 여기에 차실을 만들고 사람들을 불러 저 강물을 길어다 차를 마시고 싶다는 생각을 한 것. 그나저나 이런 얼토당토하지 않은 생각을 하는 걸 보면 나는 잡배가 확

실하다.

이런 말도 안 되는 생각을 하는 동안 절벽 끝에서 차가운 바람이 무더기로 몰려왔다. 마치 정신 차리라고 뺨을 때리는 듯. 그래도 나는 초대하고 싶은 사람들의 이름을 떠올리느라 돌아가지 못한다. 이곳에 좋은 사람과 함께 앉아 있으면 영원히 섬처럼 살아도 좋겠다 싶다. 이태 선생이 여기에 앉아 바깥 세상에 대한 미련을 가진 적이 단 한 번도 없었는지는 알 수가 없지만, 스스로 섬이 되기를 자처해 지은 정원 안의 삶만으로도 충분히 좋은 삶이었지 않았을까 상상한다.

밀양에서 사계절을 보냈다. 사람들이 저마다의 섬을 가슴에 묻어두고 애써 외면하며 살려고 하는 동안 나는 나만의 섬을 찾아 자진해서 이곳으로 들어왔다. 천방지축으로 지내는 동안 힘들 때도 있었고, 막막한 날도 있겠지만 그 또한 흘러가서 지금에 닿았다. 나는 처음 생각과 달리 그럭저럭 잘 적응 중이고 앞으로도 잘 적응해 나갈 것이다. 아마도 세상에 크게 위배되지 않는 생각으로 산다면 내 삶의 목표인 순한 노인이 되는 것이 가능할 것이라 믿는다. 다만, 내가 내 섬에 사는 동안 이곳에 취해 세상을 우습게 보거나 경멸하는 일은 없도록 주의해야 할 것이다.

월연대의 단출한 한 칸처럼 살 수 있다면, 작은 한 칸으로 커다란 마음을 품을 수 있다면 얼마나 좋을까. 쌍경당 마루 끝에 앉아서 빠뜨리고 구입하지 못한 물건들이 생각난다고 해도 아무렇지 않게 시집이나 펼치며 흐르는 강물을 바라볼 수 있다면 그 또한 좋지 않을까.

후배에게 보낸 격려 문자가 사실은 내게 한 말일지도 모른다. 자신만의 섬에 무사히 안착해서 잘 살아가길, 심하게 흔들리더라도 결코 세상 속으로 가라앉지 말길, 떠내려가지 않기를. 나는 진심으로 내게 바랐다.

그 마음을 돌 아래 눌러둔다

"나를 아는 사람 그리고 나를 모르는 사람은
내가 이상하게 보일 수도 있겠다.
하지만 이것 역시 삶이다. 당신과 아주 조금 다른."

나는 여전히 낯설어 하며

굽이굽이 산길을 따라 밀양댐을 지나 달린다. 이곳에서부터 이어지는 강가 마을 평리는 이상하게도 밀양이 아니라 다른 지방 같은 느낌이다. 마을 끝에 거대한 세상의 장벽처럼 버티고 선 댐을 보면 인간의 힘이 얼마나 큰지 알게 된다. 밀양댐이 가두고 있는 강은 바다처럼 넓다. 그래서 바다를 보러 가는 마음으로 산에 간다.

찬바람이 불기 시작하면서 인적 드문 이 바다는 정말 이국의 바다처럼 낯설다. 지난 봄부터 여러 계절 나를 지키고자 달렸던 수많은 고갯길. 아직 새로운 봄은 오지 않았고, 나는 여전히 낯설어하며 산속의 바다를 배회한다. 사람의 말이 낯설고 마음이 그로 인해 답답해질 때마다.

범도리와 평리까지 이어지는 강을 막아 우두커니 앉은 밀양댐. 인간의 노력 사이를 걷는다. 가끔 인공적인 모든 것들이 따뜻하게 느껴지는 이유는 뭘까.

여기서 사는 일이 때로는

강을 걷는다. 발바닥에 둥근 돌의 질감이 느껴진다. 작은 파도 같은 돌의 곡선을 밟다가 가끔 마음이 울컥해진다. 그럴 때마다 그 마음을 커다란 돌 아래 눌러 둔다.

강가에 흩어진 수많은 돌은 몇만 년 동안 같은 자리에서 날마다 물결을 견뎠을 것이다. 그러느라 무뎌진 몸. 이곳까지 와서 사는 나를 이상하게 생각하는 사람도, 나를 걱정하는 사람도 있다. 나도 여기서 사는 일이 때로는 일부러 숨어서 사는 것처럼 느껴지기도 한다.

굳이 견디지 말고 여행처럼 살라고 했던 어느 여행자의 말을 떠올린다. 좋은 말들은 대부분 무책임하지만 그걸 또 견디며 사는 게 여행자다.

오랜만에 여행자 같다고 생각하다가

카페 평리의 넓은 창가에 앉아 드문드문 지나가는 차들을 본다. 무언가 중요한 것을 싣고 가는 것처럼 느리게 지나가는 차들은 밀양댐 고갯길에 접어들면 속도가 더 느려질 것이다. 자기 삶을 열심히 굴려 가는 사람들의 모습이 내 생활의 바깥에 있고, 나는 가끔 그들의 휴식을 한 발 떨어져서 관람하는 것이 영화처럼 재밌다.

사람들은 주말이면 도시를 버릴 것처럼 도시 바깥으로 나온다. 카페는 내 집과 달리 천장이 높아서 좋은데, 좋다고 여기서 마냥 살 수는 없는 일. 그들도 도시를 버리려는 게 아니라 도시를 더 사랑하기 위해서 잠시 바깥을 배회한다는 것을 나는 알고 있다.

강물처럼 흘러나온 사람들을 구경한다. 주인은 잠시 자리를 비웠고 잎이 넓은 화분 너머 하늘이 무겁다. 겨울비라도 올 것 같다. 낯설지만 안온한 느낌이다. 오랜만에 여행자 같다고 생각하다가 일어선다. 더 앉아 있다가는 이대로 집에 돌아가지 못할 것 같다.

홀로, 아름답지도 못할 거면서

지난 여름이었다. 강을 따라 평리에서 범도리까지 이어지는 가로수 길을 지나 강가에 다다랐을 때, 계절을 이해하지 못한 코스모스가 지천으로 피어있었다. 하얀, 분홍, 체리색 코스모스는 무리 지어 피어 계절과 무관하게 흔들렸다. 가냘픈 것들끼리 연대하며 비벼대는 풍경이 기특해 보기 좋았다. 간혹 초겨울에 피는 개나리가 있다. 어찌 되었건 태어났으니 살아간다. 태어나고 사는 일은 신비로운 일이다.

비슷한 모습으로 태어났지만 똑같이 생긴 건 없다. 어디 한 곳 모나지 않았고, 누가 보살핀 것도 아닌데 예쁘다. 저렇게 무리로 어울려 살아도 아름다울 수 있는데, 혼자서 음흉하고 기고만장하게 살며 타인과 맞대지 못하는 사람들이 있다. 어쩌면 내가 그렇기도 하다. 결국 홀로 아름답지도 못할 거면서 말이다.

이 모든 것이 삶이다

밀양댐 아래, 돌로 꾹 눌러 둔 말들이 생각나는 밤. 이런 밤에는 세상의 언어가 다 사라졌으면 좋겠다. 그렇게 생각하면서도 너와 내가 서로에게 선물할 것은 마음 안쪽의 고운 말뿐이라는 것도 안다.

코스모스 흔들리는 그 강가에서, 잘못 도착한 계절에서라도 결국 살아가야 한다는 것을 알았다. 이 모든 것을 우리는 삶이라고 부른다. 지루하고 우울한 첫 겨울이 끝나가고 있다. 다시 모든 것이 좋아질 것이다. 그럴 것이다.

내 글이 누군가에겐 든든한 한 끼 밥처럼

"나는 글을 쓴다.

글로 밥을 짓고 글로 목을 축인다."

대문 앞 겨울 안개가 빗장을 푸는 아침이다. 오랜만에 책상에 앉은 채로 밤을 새웠다. 값싸게 부탁받은 원고에 마음을 팔며 어둠을 지켜내는 동안 날이 밝았다. 내게 글을 밥으로 만드는 일은 여전히 쉽지 않아서 아직도 밤을 밝혀야 한다. 한 톨 한 톨 쌀알을 세듯이 꼼꼼히 단어를 적어 간다.

세상이 잠든 시간에 동안 숨죽여 써 내려가는 글이 한 끼의 밥값 정도로 돌아오기를 바라는 건 욕심이 아닐 것이다. 하지만 그런 기회도 쉽게 오지 않아서 이 밤이 그토록 간절하면서도 조심스러웠는지 모른다.

누군가는 차라리 한 끼 굶고 말지 그 값에 밤을 밝히느냐 하겠지만 나는 그렇게 생각하지 않는다. 쉬우면 글이겠는가. 쉽게 글이 되어 그것이 밥으로 돌아온다고 하더라도, 그 밥이 피가 되겠는가.

•

겨우 마침표를 찍고 안도의 한숨과 함께 맞이하는 고단한 새벽, 어김없이 닭이 운다. 사람들은 들로 나가 허리를 다시 펴지 못할 간격으로 땅을 파고 수혈을 하듯 물을 긷는다. 이렇게 땅을 일구어야 겨우 밥상을 차릴 수 있다. 세상의 모든 것이 저절로 생겨나는 것이 없는데 나만 쉬울 리가 있겠는가. 햇볕에 그을리지 않고 비에 쫓겨 넘어지지 않는 일만으로도 다행으로 생각해야 하지 않겠는가.

값을 많게 받든 적게 받든 나는 밥을 짓고 있는 순간을 기뻐해야 할 것이다. 글이 밥이 되는 날이 영원히 오지 않는다고 하더라도 나는 저들처럼 매일매일 솥을 닦고 장작을 쌓을 것이다.

내 모자란 글이 누군가에게는 한 끼의 식사가 되었으면 좋겠다는 욕심이 있다. 이런 아침이면 눈꺼풀이 납덩이를 매단 것처럼 무겁지만 그래도 괜찮다. 견딜 만하다.

일반음식점
냉방

대나무 젓가락 고이 놓아둔다면

"그 문장을 읽었던 곳은 어디였을까? 즐기는 자만이 행복할 수 있다는 빤한 그 문장. 인도의 어느 게스트하우스의 방명록에서 본 듯하고, 공감할 수 없는 사진과 함께 SNS 어딘가를 떠도는 문장이었던 것 같기도 하다. 간혹 그 빤한 문장이 마음에 걸려서 소화를 시키지 못할 때가 있다. 누군가 내게 행복하냐고 물어 올 것만 같아서."

사실 이 마을에 친척이 산다. 삼촌과 이모님이 살고 계신다. 외삼촌인지 친삼촌인지는 모른다. 그냥 삼촌과 이모라고 부른다. 그러니까 가문이나 가족과는 상관없는 친척이라 하겠다. 동네 삼촌과 이모인데 이렇게 부르기까지 꼬박 한 계절이 지나야 했다.

나는 이 마을에서 대부분의 것을 김일광 삼촌과 도영순

이모로부터 배웠다. 그들뿐만 아니라 이 마을 사람들 대부분이 내게는 책과 사전 같은 존재다. 그들로부터 인터넷으로 검색할 수 없는 많은 것들을 배울 수 있다. 말로 들었지만 아둔한 내가 자주 여쭤본 탓에 노트에 쓴 것처럼 명확하게 남아 있는 문장들이 많다.

가령 "시골은 인적 드문 곳이니까, 환경에 눈을 두고 살아야지 사람에게 눈을 두고 살면 오래 살 수가 없다"라는 삼촌의 말은 씨앗처럼 단단하고 뭉클하다. 이모는 꽃의 태생과 이름을 알려주시며 이렇게 말씀하셨다. "세상의 모든 꽃들은 예쁘지 않은 것이 없는데, 예쁘게 볼 줄 알아야 하는 마음이 있어야 가능하다." 이처럼 이모는 시처럼 읊어주신다.

생활 전반에 관한 사실도 남김없이 알려 주신다. 이런 말씀을 하실 때도 맨입이 아닌 항상 차 한 잔을 따라놓고 하시니 마음 따라 몸도 좋아진다. 귀찮아 하실 법도 한데 차를 따르는 눈매나 손끝에는 언제나 정성이 스며 있다. 날마다 인사를 하고 얼굴을 맞대다 보니 실제로 친척보다 더 잦은 왕래가 있다.

세월이 역사를 만든다. 오직 지나온 세월만으로 만들어지는 것이 분명히 있다. 좋은 마음 같은 것이 그렇다. 두 분을 볼 때마다 나도 언젠가 두 분 같은 사람이 되고 싶다. 나만 알고 있기 아까운 것들을 많이 나눠 줄 수 있는.

겨울 햇볕이 툇마루를 부여잡고 있는 오후, 삼촌은 이 시간에 늘 무엇인가를 하고 계신다. 내 눈에는 뭔가를 탄생시키고 있는 것처럼 보인다. 쉬는 것처럼 일을 하고, 일하는 것처럼 몸을 단련하는데, 몸의 섬세한 동작들은 젊은 사람에게는 없는 또 다른 노련함이 있다. 그 동작들에서는 어떤 경지가 느껴진다.

그날도 대나무로 젓가락을 만들고 계셨다. 가마솥에 삶은 대나무는 여전히 빛을 잃지 않고 곧고 푸른 청년처럼 씩씩했는데 김일광 삼촌은 그보다 곱절로 세월을 견뎌낸 주름진 손끝으로 반듯한 젓가락을 만들어냈다. 삼촌은 내가 전혀 알 수도 없는 공정으로 삶고 말리고 깎기를 반복해서 몇 날 며칠 동안 정성을 들였다. 삼촌은 그 시간과 노력으로 돈을 만든 것이 아니라 자신의 시간을 나눠 준 것일지도 모른다.

삼촌은 완성된 젓가락을 다섯 벌이나 주셨다. 기성품과는 비교가 되지 않을 정도로 기품이 있다. 묵직하고 긴 젓가락을 잡으니 연필을 쥔 것처럼 자연스럽다. 젓가락을 만지는 게 아니라 대나무의 아름다웠던 과거를 만지는 것처럼 따뜻하다. 젓가락은 넉넉하게 길어서 음식을 집으면 보기에 참 좋다. 젓가락을 잡은 손은 음식으로 갈 때마다 신중해진다. 먹는 속도도 조금씩 느려진다. 젓가락으로 집어 올린 음식이 보기에 좋으니 맛도 더욱 도드라진다. 태어나서 이런 선물은 처음이었다. 아껴 쓰고 있다.

젓가락을 쓸 때마다 볕 좋은 툇마루에서 열심히 대나무를 다듬던 삼촌의 뒷모습이 아른거려 엷은 미소가 수증기처럼 번진다. 보기 좋게 뺀은 대나무 젓가락이 쉽게 끓여진 라면 한 그릇도 더욱 맛있게 만든다. 텅 빈 면기 위에 반듯하게 올려진 젓가락을 보고 있으니 삶은 원래 이토록 정성스러워야 한다는 생각이 든다.

많은 사람이 같은 시간에 일어나고 비슷한 일을 하면서 일생을 보내지만, 모두가 다르게 즐겁고 다르게 행복하다. 삶은 단순한 움직임이 아니라 그 움직임에 정성을 깃들게 하는 일이다. 그 정성은 마음에서 발원하는 것 아니겠나. 우리는 태어나서 죽을 때까지 마음 하나를 얻기 위해 수많은 굴곡을 넘나든다. 마음을 위해 일생을 바친다고 해도 과언이 아닐 것이다.

삼촌과 이모께서 나누는 것들 대부분은 돈으로 살 수 없는 것들이다. 내가 구할 수 없는 것들이고, 가족이 아니면 쉽게 받을 수 없는 그런 종류들이다. 그것들은 대나무 젓가락처럼 유용한 삶의 도구들인데, 그 싱싱한 정보들은 낯설고 막막한 이곳 생활에 한 끼 식사처럼 자주 든든했다. 하지만 다 받아 적지 못해 안타까울 때도 있었다.

오랜 세월이 흘러도 잊히지 않을 말을 듣고 온 날에는 나도 뭔가 잘할 수 있을 것 같은 기운이 생기곤 했다. 사람이 사람에게 나눌 수 있는 좋은 것 중 하나가 경험이 아닐까. 어른이란 그런 경험을 많이 가지고 있고 그걸 나눠주는 사람일 것이다. 서툰 것을 지적하는 것이 아니라 자신이 가진 좋은 경험을 그저 보여주는 사람. 어떤 강요도 없이 부추김도 없이 말없이 실천하는 사람. 그것을 잘 알아보는 일은 후배의 몫이겠지. 나는 날마다 조금 더 좋은 후배가 되고 싶다.

젓가락을 고이 닦아서 선반 위 투명 유리잔에 꽂아 둔다. 카메라 렌즈를 닦아 내듯 그렇게 젓가락 다섯 벌을 오늘도 닦았다. 호호 불어먹는 흰 면발보다 면발을 지탱하는 초록의 빛이 더 선명하다. 한때 푸른 대나무로 살 때, 바람을 집어 올렸을 젓가락. 누군가 내게 행복하냐고 물어 온다면 나는 그와 라면이나 한 그릇 나눠 먹으면 되겠다. 라면 그릇 앞에 대나무 젓가락 고이 놓아둔다면 그는 내가 어떻게 사는지 짐작하지 않겠는가.

너는 나보다 잘 살아라
내가 너를 좋아하니까

"결국 낯설어야 여행이다."

너무 맑은 것도 좋지 못하다. 곰국처럼 뽀얗게 불투명한 것이 아니라 유산지를 덮은 듯 반투명에 가까운 것이라야 안심하고 숟가락을 넣는다. 저으면 밥알이 흩어져야 하고, 밥알 속에 충분히 국물이 배어야 한다. 이렇게 만들려면 주인장의 오랜 경험이 있어야 한다.

돼지고기와 부속물이 저마다 다른 식감을 가지고 있으면서도 한결같이 부드럽다. 그 한결같음이란 각각의 특징이 살아 있다는 말인데, 그래야만 밥과 국물과 고기의 조화가 잘 이루어지기 때문이다. 순대와 밥이 만났을 때, 내장과 고기와 밥이 만났을 때 맛이 각기 다르다. 각각이 만들어내는 조화가 다르기 때문이다.

뚝배기는 무광의 질그릇 같은 것도 좋고 중국에서 건너온 것처럼 번질거리는 재질이라도 상관없다. 국밥의 가격에 맞는 옷이라 생각한다. 뚝배기 안의 온도와 바깥의 온도가 어느 정도 차이가 나야 하는지는 모르겠다. 국밥은 뜨거워야 한다지만, 식기를 기다려야 할 정도로 너무 뜨거우면 곤란하다. 뜨거운 것보다 뭉근한 뜨끈함이 좋다. 밥알 튕기도록 후후 불지 않고 호호거리며 불어먹을 정도의 따뜻함이면 되지 않을까. 처음 돼지국밥을 먹어보고 든 생각이다.

영남루 앞, 아리랑 시장에 있는 '단골집'은 시내에 볼 일이 있을 때마다 들르는 곳이다. 인터넷을 뒤지다가 알아낸 곳이 아니라 국밥에 진심인 우리 마을 박미래 누님께 추천받은 곳이다. 어두컴컴한 시장 안쪽에 자리한 오래된 식당인데 세월의 흔적이 고스란히 묻어 있다.

이 집은 문을 열고 들어섰을 때부터 군침을 돌게 했다. 그날 나는 돼지국밥을 처음으로 맛보았는데, 이후 나를 찾아오는 누구에게 대접해도 좋은 음식이 되었다.

처음 돼지국밥을 시켜놓고 기다리는 동안, 나는 낯선 어딘가로 가는 마지막 기차를 탄 것처럼 두근거렸다. 기대감도 있었고 염려도 있었기 때문이다. '돼지'라는 단어와 '국밥'이라는 단어를 따로 떼어놓고 보면 더 없이 침이 고이는데, 묶어서 한 단어가 되었을 때는 왠지 모르게 낯설었다. 평생 먹어본 적 없는 음식을 시켜놓고 기다리는 낯선 감정. 어쩌면 이것도 여행일 수도 있겠다. 이렇게 쓰고 보니, 고작 국밥 한 그릇 시켜 놓고 세상의 모든 익숙하지 않은 일을 여행이라고 한다며 잘난 체를 하고 있다.

그날은 서울 사는 후배가 밀양에 온 날이었다. 후배를 마중하기 위해 역으로 가면서 국밥집에 들렀다. 후배가 좋아할지 몰라 먼저 시식해 볼 요량이었는데, 한 번 맛보고 난 후, 언제라도 누구와 함께하더라도 괜찮겠다는 생각이 들었고 단골로 삼아도 괜찮을 것 같았다. 돼지국밥은 여전히 낯설지만, 거뜬히 바닥까지 긁어 먹을 수 있는 음식이 되었다.

장맛비가 추적추적 내리던 오후였다. 영남루 난간 너머로 내려다 보이는 밀양강은 장맛비를 안고 흘러가고 있었다. 나는 밀양역에서 누군가를 기다리는 마음도 아니고 떠나보내는 마음도 아닌 애매한 마음으로 기차를 기다렸다. 기차 도착 시간이 얼마 지나지 않아 밀양역 개찰구로 후배가 걸어 나왔는데, 그는 여전히 살가움이 없고 세상 모든 것에 무관심한 표정이었다.

나는 후배와 가볍게 눈인사만 했다. 오랜만에 그를 만나고 보니 그가 원래 그런 사람이었다는 것이 생각났다. 반갑지만 반갑지 않은 것 같은 모호함. 우리는 몇 계절을 건너 만났지만 어제도 봤던 사람들처럼 싱겁게 인사를 했다. 내가 왔던 길을 되짚어가는 동안 후배는 차창 밖 낯선 도시를 면밀히 살폈다. 그는 여행 중인 사람처럼 멀고 먼 눈을 가지고 있다. 자주 떠나거나 낯선 곳을 좋아하는 사람들은 대체로 팔자가 편치 못하다. 우리는 언젠가 미얀마 양곤에서 잠시 만났던 적이 있지만 나란히 걸어본 적도 없고 깊이 이야기를 나눠본 적도 없다. 나는 그런 그가 여행자 같아서 편하다. 딱히 물을 것도 없고 대답할 것도 없는 무심한 시간이 이어져도 지루하지도 않은 그런 사람이다. 그게 불만이었지만 그것 때문에 가끔이라도 보게 되는 이상한 관계다.

처음 그를 만났을 때 바람 냄새가 난다고 생각했다. 그런 사람들은 투명해서 숨길 것이 없다. 바람이 바람에게 무엇을 숨기겠는가. 그는 사회에서 밀려난 사람 같지만 어쩌면 가장 중심부에서 일을 하고 있다. 그는 내가 그랬던 것처럼 자주 사표를 썼고 그만큼 자주 복귀했다.

여행자는 언제나 곁을 비워 두고 있다. 물이나 바람처럼 머물지 않고 늘 떠날 준비가 되어 있다. 그래서 누군가 한 명이 같은 자리에 오래도록 머물 때만 만남이 가능하다. 이것이

서로에게 말 없는 위로가 되기도 한다. 이 세상 어딘가에 자신과 비슷한 사람이 있다는 정도인데 그 사실이 가끔 아주 큰 위로가 된다.

영남루 주차장에 차를 세우고 길 건너 아리랑 시장으로 갔다. 서너 시간 만에 다시 가서 국밥을 또 시켰는데도 주인장은 나를 힐끔 보더니 별 반응이 없었다. 나는 그 시크함이 경상도식이라고 이해했다. 후배도 돼지국밥을 좋아하는 눈치였다. 음식에 대해 예민하지 않고 관대한 것 같아 부러웠고 내심 잘 선택한 것 같다는 생각이 들었다. 우리가 함께 나눈 음식으로는 성북동 멸치국수와 와인이나 맥주 사이에 놓인 안주 정도가 전부였다. 아무런 추억의 음식도 없이 우리는 십 년 넘게 알고 지냈다.

후배는 밀양보다는 국밥을 먼저 알아야겠다는 자세로 진심을 다해 국밥을 먹고 있었다. 우리는 코끝에 촘촘하게 맺힌 땀방울을 훔치며 여름의 돼지국밥집을 나왔다. 아리랑 시장을 걷는 후배의 뒷모습을 지우며 후두둑 다시 비가 내리기 시작했다. 영남루 앞 삼거리로 밀려오는 여름 바람은 좋았다. 후배는 돼지국밥 때문에 밀양의 첫인상이 좋아졌다고 했다. 다행이었다. 여행은 몸으로 걸으며 만난 좋은 것들을 마음속에 쌓아 둔다.

그날 이후 두어 계절이 더 지났고 해가 바뀌어 봄이 되었다. 간혹 영남루 주변을 배회하다가 혼자 국밥을 먹는 날에는 후배가 생각났다. 그 또한 전에 없던 낯선 감정이었다. 여전히 낯설지만 매번 맛있게 먹는 돼지국밥은 후배를 닮은 것 같기도 하고 여행을 닮은 것 같기도 하다. 어쩌면 후배에겐 이곳 밀양은 머나먼 북쪽 어딘가의 나라 같은 곳일지도 모르겠다.

생각해보면 너와 나는 항상 낯선 곳에서 만난다. 만날 때부터 헤어질 마음으로 인사하는 여행자처럼, 언제 다시 볼지 모르는 사람처럼 만난다. 그와 나는 내일부터 마지막 국밥을 먹은 사이가 된다고 하더라도 전혀 이상하지도 않은 사람이다. 앞으로도 우린 영원히 서로를 낯설어할지도 모른다. 그래서 더 오래 볼 수 있을 것이라 믿는다. 네가 무얼 좋아하는지 몰라서 나도 모르는 음식을 삼켜 보고 너를 떠올리는 것처럼.

너는 나를 무심하게 대하는 것 같지만 피곤한 업무 중에도 기차를 타고 여기까지 왔다. 서울식 의무감이라고 해도, 경상도식 의리라 해도, 여행자끼리의 예의라 해도 상관없다. 왔다는 건 서로의 마음 가장 안쪽에 있다는 말이니까.

세상이 그어 놓은 테두리 안에 들지 못해도 상관없지 않겠냐고 말하던 밤을 기억한다. 그 밤으로부터 무수한 밤이 지났지만, 여전히 세상은 낯설고 삶은 어렵다. 하지만 그 삶을 정성스럽게 밟아나가는 것이 여행자의 의무가 아닐까. 내가 너를 좋아하니, 너는 나보다 잘 살아야 한다. 어느 낯선 대륙, 낯선 나라, 낯선 도시에서 인사하는 그날까지 잘 지내시라. 우리가 든든히 나누었던 국밥처럼 든든한 마음으로 잘 지내시라.

그건 사랑하기 때문이다

"여행자는 다른 여행자의 미래가 될 수 있다.

그래서 신중히 걸어야 한다."

하이디 뮐러Heidi Muller의 〈집시 윈드Gypsy Wind〉. 이어폰에서 흘러나오는 그녀의 노래는 저녁의 들판처럼 인적이 드문데도 딱히 혼자라는 느낌은 들지 않는다. 내 어깨를 빈틈없이 감싸는 신비로운 주문 같다. 풀들이 바람의 방향을 따라 넘실대는 밤이 오면 세상에서 가장 큰 별이 뜰 것만 같은 기분이 든다. 나의 손을 꼭 잡고 떠나는 노래. 그녀는 나를 모르겠지만 그녀는 나의 오랜 여행 친구다. 그 목소리는 나를 비행기에 실어 알 수 없는 나라에 데려다 놓는다. 그의 목소리는 나를 아득한 여행자로 만든다. 사랑하는 사람이나 친한 친구에게 들려주고 싶은 노래다.

함께 노래를 듣고 싶은 사람이 생겼다. 앞마을 김영복, 강은선 선생은 나의 친구다. 그들은 내가 태어나던 해에 대학생이 되었지만 내 친구들이다. 두 분은 같은 대학, 같은 과를 다녔다. 그때는 선후배였는데 지금은 커플이다. 그들은 실제로도 부부라는 느낌보다 커플이라는 느낌이 더 강한데, 어느 여행지에서 만난 여행자처럼 보이기도 한다.

우리는 초여름 산책길에서 만났다. 서로 존칭은 쓰지만 각자의 마음으로는 친구라고 여긴다. 비슷한 느낌의 사람이란 것을 알기 때문이다. 비슷한 느낌이라는 모호한 말에는 오백만 가지의 뉘앙스가 있는데, 그 뉘앙스는 여행자들끼리는 단번에 알아볼 수 있다.

나는 그들이 나와 비슷한 피가 흐른다는 것을 첫눈에 알았다. 좋아하는 것이 같기 때문이다. 여행에 적합한 사람이 있는 게 아니라 여행을 좋아하는 사람이 있을 뿐인 것처럼, 우리는 시골에 적합한 사람이 아니라 그냥 시골을 좋아하는 사람이다.

그들은 오래전 귀촌했지만 농사는 모른다. 텃밭에서 작년에 수확한 작물들은 내가 처음 심어 수확한 양과 비슷하다. 그들은 귀촌 경력에 대비했을 때 어디에 말할 수 없는 수준이라고 말하면서 호탕하게 웃었다. 우리에겐 산책이 유일한 수입이며 지출이며 성과다. 시골에 전혀 보탬이 되질 않는 삶이지만 그래도 시골은 우리에게 좋은 터전일 수밖에 없다.

이 산중에서 생활자가 아닌 여행자로 인사한다는 것은 상상하지 못했던 일이었다. 히말라야 오지에서 갑자기 고향 친구를 만난 것처럼 흔하지 않은 인연이었다. 더군다나 내 주민등록증이 나오기 전에 그분들은 여권을 먼저 받았다. 나는 그들에게 동네 이웃보다는 여행자라는 동질감을 더 크게 느낀다.

그들을 만나기 전까지 나는 홀로 걸었지만 그들을 만난 이후로는 자주 함께 걷는다. 걸으며 각자의 여행과 사소한 삶에 관해 이야기한다. 매일 만나도 매일 쏟아지는 이야기가 있어서 놀라곤 한다. 우리는 삶과 죽음과 노래와 사회를 이야기한다. 밤나무와 계절과 어느 애인의 이별도 이야기하지만 여행을 말할 때 우리의 단어는 가장 빛난다.

그들과 나란히 걸으며 이야기를 나누는 동안 나는 새로운 언어를 터득한 것 같은 기분을 느낀다. 우리가 걸은 거리는 각자가 상상했던 나라에 도착할 수 있는 거리일지도 모른다. 그만큼 그들은 나와 가장 오랜 시간 동안 가장 먼 거리를 함께 걸은 친구다. 우리가 밟아 온 시간을 주워서 꿰매면 친구라는 단어가 되지 않을까.

여행을 떠올리는 사람들의 얼굴은 언제나 순하다. 눈꼬리가 느슨해지고 입가가 동그랗고 부드러워진다. 그곳에서 있었던 험한 일을 떠올릴 때마저 그렇다.

그건 사랑하기 때문이다. 사랑은 숨길 수가 없다.

여행은 내가 나를 사랑하는 방법이다. 나는 나를 사랑하기 위해 너를 사랑하고, 노래를, 그림을, 영화를, 그 무엇을 사랑한다. 내가 나를 사랑하는 방법을 아는 것만으로도 인생은 참 아름다운 일인데, 같은 것을 사랑하는 사람과 함께 걷는 일은 축복 중의 축복 아닐까.

간혹 나보다 조금 앞서 걷는 뒷모습이 어느 낯선 여행지에서 봤던 풍경 같다. 배낭을 메던 어깨와 허리, 서로의 팔이 다정하게 감싼 뒷모습. 참 고마운 풍경이다. 그들의 뒷모습을 보며 그들이 모든 여행자들의 미래여도 좋겠다고 생각했다. 인생이라는 긴 여행을 하는 동안, 같은 길 위에서 많은 일을 겪고 나눠본 자들만이 이룩할 수 있는 풍경이다. 나는 그들을 만나고 여행 속 또 다른 여행을 했다. 그런 두 분께 고맙다는 말 대신 〈집시 윈드〉를 들려드렸다.

여전히 아무렇지 않게 짐을 꾸리고 떠날 것 같은 두 사람. 어느 들판의 별빛 아래 서 있는 그들 뒤에 내가 서 있을지도 모르겠다. 낯선 대륙이나 나라가 아닌 실개천 흐르는 밀양에서 나는 날마다 여행처럼 산책한다.

"여행자들은 이름이 없다. 친구이기 때문이다. 당신은 나를 구할 사람도 아니고, 나는 당신을 살릴 사람도 아니다. 나란히 걸으며 서로의 말을 들어주면 그것으로 충분하다. 우리는 모두가 자유로운 여행자다."

벚꽃잎 받아 먹은 날

"지금이 가장 아름답길 바라는 마음.

그 마음을 여행으로 이룰 수 있다."

살구꽃이 흐드러진 파키스탄 훈자에서도 그랬던 것처럼 아, 하고 입을 벌리고 벚꽃을 받아먹었다. 떨떠름하고 쓴맛이 났다. 강바람을 따라 떨어지는 벚꽃이 입속으로 들어올 확률은 희박하다. 그러니까 벚꽃의 맛은 아주 귀한 맛이기도 하다. 홀로 강둑에 나가서 커다랗게 입 벌려 받아먹는 봄은 따뜻했다. 꽃잎은 내게 알약 같아서 마음이 치유되는 것 같기도 했다.

둥글게 휘어진 삼문동과 가곡동 강변길. 그 아래로 옹기종기 모여 있는 주택들은 누군가의 정성스러운 이야기처럼 빼곡했다. 그 길을 달릴 때마다 사람 냄새 가득한 곳이라 생각하며 잠시 성북동의 삶을 떠올렸다. 치열하게 하루를 보내야만 겨우 잠들 수 있었던 그 시절, 성북동의 빽빽한 밀도와 닮아 있는 삼문동과 가곡동 강변의 봄은 정말 꿈처럼 아름답다.

추위에서 풀려난 강물은 느슨하게 흐른다. 꽃들은 눈부셔서 눈을 감고 있어도 그 환함이 느껴진다. 바람이 불면 찬란하게 쏟아지고 추락한다. 그렇지만 불안하지 않다. 낙화는 멸망에 가깝게 무참히 추락할수록 아름답다. 마시지 않아도 취하는 계절이다. 그래서 일부러 40분이나 달려 이곳으로 장을 보러 오기도 한다. 처음엔 사람이 그리워서 일상을 보러 왔다가 이 계절에는 순전히 꽃을 보러 온다. 서울에서 내려오는 기차를 보거나 버스를 기다리는 학생들을 볼 때면 다시 도시로 나갈까 하는 생각을 하다가도 고개를 몇 번이나 흔들었던 것도 사실이다. 이곳의 계절을 온전히 다 견뎌내지 못한 때였다. 벚꽃이 발목을 잡았다며 핑계를 대지만, 벚꽃이 만발한 봄에는 핑계가 아니라 정말로 여기 강변에 누워 잠들고 싶었다.

바람은 드문드문 산책하는 사람의 등을 밀며 꽃잎을 뿌린다. 꽃잎이 날아가는 방향으로 소도시의 지평선이 펼쳐진다. 이제는 정말 떠나지 않아도 될 거라는 생각을 간혹 한다.

까무룩 낮잠에서 깬 듯 정신을 차리고 보니 일 년이 지났다. 벚꽃 날리는 풀밭에서 잠시 꿈을 꾼 것처럼 흘러간 시간. 언제나 지나간 시간은 꿈같다.

다시 새로운 봄에 서 있다. 여기서는 늙을 일밖에 없다. 복잡한 도시 속에서 하늘 한 번 쳐다보지 못했던 일상 대신, 사소한 계절의 일거수일투족까지 면밀히 느끼며 살고 있다. 할 일은 줄었지만 관심 둘 일은 많아졌다. 삶의 터전에서 멀어져 더 깊숙한 여행자가 된 기분이다. 이국의 땅은 아니어도 아직은 낯설고 서툴다. 시간이 늘어났는데, 그 시간을 타인이 아닌 오롯이 내게 사용하고 있다.

잘한 일이다. 시절이 가져다준 가장 결정적 순간에 선택을 잘했다. 좋은 쪽으로 생각이 기울다가 끝내 좋은 결과로 남을 것이다. 이곳에서 지내는 동안에는 여기가 고향이듯 또는 타국이듯 온전히 나로 살게 할 것이다.

벚꽃처럼 별들이 흩날리는 산중의 깊은 밤, 지나온 지구 반대편의 일들이 친구처럼 곁에 눕는다. 당분간 여행하지 않는 여행자로 살겠지만 아직도 아름다운 과거의 기억이 내 안에 잘 살고 있다. 지금 이곳의 일들과 풍경이 어느 미래에 살가운 친구처럼 힘이 될 것임을 안다. 다시 세상이 맑아지면 오늘의 힘으로 또 배낭을 메겠지. 그때도 지금처럼 좋은 결정을 하겠지.

자신이 처한 상황에서 가장 자신을 사랑할 수 있는 쪽으로 가는 것. 결국 결정은 내가 하는 것이다. 매 순간을 결정적인 순간으로 여기고 극진히 판단할 수 있다면 얼마나 좋을까? 내 인생의 가장 결정적 순간을 묻는다면 지금이다.

꽃잎 떨어져 입안으로 들어오는 순간처럼 나는 매번 내 인생의 가장 결정적인 순간을 살고 있다.

봄이다. 오늘도 가곡동 강변길에 있다. 별 좋은 밀양. 세월에 발이 묶여 영원히 떠나지 못할 것 같은 시절에도 꽃은 이처럼 찬란하게 핀다. 꽃을 보며 좋은 마음으로 잠시 살 수 있는 일. 절박한 시절에도 아름다운 계절은 어김없이 온다. 날마다 그 꽃 아래를 서성이니 실패는 아니다.

인생은 원래 아름다운 것이다. 이렇게 여기지 않으면 살아갈 방법이 없다. 벚꽃잎 한 장을 희망으로 삼아 오늘도 산다. 삶은 그래야 삶이다. 산다는 것은 희망 아니면 아무것도 아니다.

그래서 이 좋은 계절에 미친놈처럼 웃으며, 웃다가 꽃잎을 받아먹는 일로 하루를 마무리했으니 앞으로는 꽃처럼 좋은 말로 살게 되려나 싶다.

다시 봄이 온 것처럼 모든 것이 새롭게 왔으면 한다. 우리 이제, 그만 추워도 될 일. 나는 다시 여행자가 되었다. 여행하지 않는 여행자가 되었다. 내가 나로서 가장 아름답기 위해

습관처럼 외로운 사람

외로운 사람들은 절망의 끝에서도
나보다 너를 위한다.
그 마음마저 없으면 나락이라는 것을 알기에.

외로움은 나약하지 않다.
모질고 거칠다. 다만,
누군가에게 상처 주지 못하고
스스로 상처를 내며 살아갈 뿐.

외로운 사람들은 모질고 거친 마음을 들키지 않으려는
순한 사람이다.

나는 저 개울가 응달에서도 보라색으로 피어오르는
작은 꽃을 보면서 알았다.

개똥 밑에 숨겨져 있는 씨앗 하나가
어느 계절에 다시 피어나 당신을 향할 것이다.

그때까지는 참아야 한다.
벼랑 끝에서 했던 다짐들이 환한 웃음을 보일 때까지

우리는 누구나 외롭다.
어쩌면 웃는 날에도 버릇처럼 외로울 것이다.
그러니까 간혹 울어도 될 일이다.
우는 동안 그것이 외로움인지 서러움인지 모르도록
울어도 될 일이다.

웃는 동안에도 힘주어 손잡던 너의 외로움을
나는 본 적이 있다.
우리는 누구나 그렇다.

사랑 없이 살아도 봄은 사랑스러운 계절

"때가 되면 오고, 때가 되면 간다.

그것이 계절의 일이니까."

나는 풀도 나무도 야채도 아닌데 계절을 핑계 대며 아무런 생산이 없었다. 지난 겨울 동안 그저 얼어붙은 바위처럼 불량한 자세로 휴대폰을 보는 일로 하루를 보낼 때가 있었다. 휴대폰을 볼 때마다 그리움은 더 쌓이기만 할 뿐 사라지지 않았다. 멀리 있는 사람과 통화하라고 만들어진 전화는 사람과 멀어질수록 사용할 일이 더 없다는 걸 알았다.

가끔 아랫집 예쁜이 할머니의 안부를 점검한다. 햇볕이 좋은 날, 할머니는 겨울 아지랑이처럼 천천히 움직이시는데 집 주변을 돌아보시는 일이 지구 한 바퀴를 도는 것만큼이나 더

디다. 울리지 않는 전화를 기다리는 일보다 느리고 느린 걸음으로 이웃 간의 생사를 확인하는 일이 더 익숙하다. 할머니와 나는 그렇다.

"아이고, 빨리 가야지." 하는 말씀에도 여전히 삶의 의지가 느껴지는 건 봄처럼 고운 얼굴 때문이라 생각한다. 때가 되어도 안 보이시는 날엔 점검하듯 할머니를 살핀다. 계절의 숨구멍처럼 비스듬히 열려 있는 대문 안의 삶은 봄이어도 한겨울처럼 단단하다. 할머니의 삶은 온통 자잘한 것뿐이다. 겨우내 할머니와 같이 건넌 까만색 털신 가장자리에 일어난 보푸라기, 지팡이 아랫부분에 난 흠집, 짓무른 눈가의 눈물과 잘못 여민 단추. 모든 것은 할머니가 지나온 시간만큼 상처를 가지고 있다.

날마다 어김없이 방문하는 오후 3시의 태양이 할머니의 품에 착한 손자처럼 안겨 있다. 할머니는 볕 드는 마루에 눈을 감고 누워 계신다. 태어나기 이전의 자세다. 미동이 없다. 그리움이 많은 자세다. 그리움이 새어나가지 못하도록 두 무릎을 가슴팍에 붙였다. 좋은 꿈을 꾸고 계시는 것 같아, 그 시간을 깨뜨릴 수 없어 인사도 없이 몰래 빠져나왔다.

간혹 할머니와 골목 어디쯤에서 만날 때마다 우리는 같은 말을 했다. "빨리 겨울이 끝나야 할 텐데." "빨리 봄이 왔으면

좋겠어요." 할머니는 겨울이 빨리 끝나길 바라셨고, 나는 봄이 빨리 오기를 바랐다. 같은 말이지만 할머니의 말엔 봄이 없고, 나에겐 겨울이 없다. 할머니는 현재가 빨리 지나가기를 바랐고, 나는 미래가 하루빨리 오기를 바랐다. 삶은 이처럼 각자의 방식으로 흘러간다.

할머니와 나의 말들이 씨앗이 되어 이제 다시 봄이 왔다. 해마다 만나는 봄이 여전히 새롭고 여전히 기쁘다. 매화가 피었고 할머니가 안고 자던 따뜻한 햇볕도 대문 밖까지 풀려 나왔다. 이제 그만 휴대폰은 손에서 놓고 텃밭을 뒤집고 거름을 뿌려야 할 때다. 여기 와서 한 해의 시작은 1월이 아니라 봄에서 시작된다는 것을 알았다.

봄이다. 누군가 오지 않아도 봄은 온다. 사랑 없이 살아도 봄은 사랑스러운 계절이다. 할머니는 겨울의 대문을 열고 나와 따뜻한 봄의 골목에서 웃고 있다. 할머니는 내게 봄이 오니 좋으냐 묻는다. 할머니 얼굴이 꽃처럼 좋아 보이신다고 답해 드렸다. 봄이 되니 할머니는 더 이상 "빨리 가야지" 하는 말을 안 하신다. 그게 봄처럼 좋기도 했다. 때로는 계절이 사람보다 낫다.

에필로그

여행은 어디에나 있고 산책은 언제나 가능하다

오래도록 여행자로 살다가 직업이 산책이 되어버렸다. 그러나 나는 여전히 여행자다. 여기서는 그렇다. 생활자가 되기엔 이 산중 사람들의 내공을 절대로 따라가지 못한다. 물론 영원히 그럴 것이다. 그냥 자처해서 여행자로 남거나, 산책에 직업처럼 절박하게 매달리고 있다.

이 생활에서는 내 실력으로 이룰 것은 없어 보인다. 덕분에 시간이 더 많아졌고, 더 자유로워졌다. 방종에 가까운 삶이다.

세상에 보탬이 되질 못하고 큰 이유 없이 산다. 나에게만

이로운 삶이다. 타인에게 해가 되지 않으니 사회적으로는 나쁘지 않은 삶이라 괜찮다. 풍족에서 궁핍이 되는 속도는 빛처럼 빠르지만, 다행히도 그 찰나의 간극 속에서 빛보다 더 빠르게 적응했다. 이것도 능력일 텐데, 이는 학교에서 배우거나 부모로부터 물려받은 것은 아니고 여행이나 산책에서 터득한 것이다. 그러나 여행과 산책은, 앞에서 말했듯, 나에게만 이로울 뿐이다. 누군가에게 도움이 되지 못한다.

위대하지 않지만, 위대하지 못해도, 위대할 수 없어도 세상에는 아름다운 일들이 넘쳐난다. 그것을 보려고 나는 여행을 하고 산책을 한다. 누군가에게 해가 되지 않고, 이 시절을 변명하지 않기 위해 오늘도 나는 내가 가장 잘할 수 있는 일을 하고 있다.

당신도 매 순간 당신의 장점을 살리며, 좋은 생각으로 먼 곳을 바라볼 거라 믿는다. 이렇게 사소한 삶을 살아도 간혹 웃을 일 있다는 것에 신기해하며 두어 시간 이상을 걷다 온 밤이다. 나는 다시 당신이 궁금해하는 것이 궁금해졌다. 그게 내가 걷고 싶은 길일 수도 있을 거 같아서.

P.S

나는 생각한다. 나의 사소한 생활에 빛을 준 것은 오로지 곁의 사람들이다. 윗집과 옆집과 아랫집 건너 마을까지 이어지는 따뜻한 마음들은 감출 수가 없다. 전에 없던 일들이다. 지구의 어느 끝쯤, 낡은 시간에 만났던 사람들에게서나 가능했던 일을 보여준 당신들에게 감사한다. 노곡동과 무릉리 모든 이웃에게 감사한다. 그러기 위해서 더욱 열심히 걷고 걸어서 내가 될 수 있다면 좋을 것이다. 지금처럼 열심히 걷는 일로 당신들처럼 될 수 있다면 쉬지 않고 걷겠다. 다시, 세상을 향해 배낭을 맬 수 있는 힘이 생겼다.